JUSTICE

DE LA

FÉODALITÉ,

OU UN DRAME AU MOYEN-AGE.

Par M. Piolle,

Professeur à Moulins.

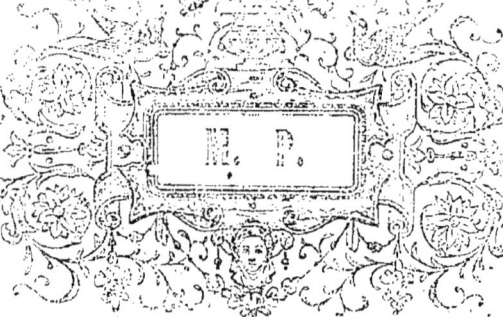

M. P.

CHEZ MARTIAL PLACE,

LIBRAIRE, RUE DES GRENOUILLES, 9, A MOULINS.

1842.

JUSTICE
DE LA FÉODALITÉ,
OU UN
DRAME AU MOYEN AGE.

IMPRIMERIE DE MARTIAL PLACE.

JUSTICE

DE LA

FÉODALITÉ,

OU UN DRAME AU MOYEN-AGE.

Par H. Piolle,

Professeur à Moulins.

M. P.

CHEZ MARTIAL PLACE,

LIBRAIRE, RUE DES GRENOUILLES, 9, A MOULINS.

1842.

PRÉFACE.

CHERS LECTEURS,

Encore jeune je me suis lancé, inconsidérément peut-être, dans la carrière si difficile et si battue pourtant de la littérature. J'avoue ma témérité et je suis prêt à subir toute votre critique, persuadé qu'elle partira d'un cœur ami, et que tout en me censurant, vous m'apprendrez à mieux faire. Sans doute, après les maîtres qui, de la Capitale, répandent sur le globe leur fécondité, semblables à l'astre toujours nouveau qui, chaque jour, prodigue à la nature une vie toujours jeune, il est difficile de dire au public quelque chose qui puisse le captiver un moment; cependant, malgré ces puissantes raisons, je me suis dit : *il y a encore à glaner*. Qu'ils nous entretiennent de l'Orient, qu'ils fassent, sous leurs doigts, retentir la harpe de Solime, nous prêterons l'oreille à leurs accords et nous applaudirons dans l'admiration. Mais, pendant qu'ils cherchent des inspirations extra-nationales, ne nous est-il pas permis de sortir un peu de la poussière et de montrer que les sujets ne manquent point dans notre patrie, que les auteurs seuls manquent à l'étude des mœurs et des traditions? Tous les jours l'on entend dire : notre littérature connaît l'harmonie, nous avons des génies et notre littérature n'est point nationale. Les Anglais, les Allemands sont, sous ce rapport, bien au-dessus de nous. Pourquoi n'est-elle pas nationale notre littérature? C'est que nous ne le voulons pas. Nos Vosges, la Champagne, envahies par les Barbares, ne valent-elles pas la Messénie, les montagnes de l'Irlande et de l'Écosse? Notre histoire n'a-t-elle pas sa magie aussi bien que l'histoire du Romain et du Grec? A chaque instant, l'on nous inonde d'ouvrages dont le sujet est puisé en Italie ou en Allemagne, et l'on est sûr de l'approbation des lecteurs. N'aurons-nous donc pas de fibres pour vibrer quand il s'agit de nos aïeux. Le Français est-il si peu de chose pour ne pas l'entretenir de son histoire. Voilà chers lecteurs la pensée que j'avais à vous soumettre en peu de mots, je crains d'abuser de votre patience; à présent je vous prie de me suivre dans le développement de mon sujet, je réclame votre bienveillance. Si vous daignez m'encourager, j'espère dans peu vous entretenir d'une matière moins indigne de votre attention. Soyez, amis lecteurs, persuadés que mon cœur ne bat que pour le bien et que je ne désire qu'une chose : c'est que quelques jeunes gens encouragés par ma hardiesse, laissent de côté la futilité des sujets insignifiants, et alors j'aurai atteint mon but et je rentrerai content dans l'obscurité.

Avant-Propos.

COUP D'OEIL

SUR LE MOYEN AGE.

SON ORGANISATION.

Le temps passe, entraînant avec lui les plus puissants empires, précipitant dans le gouffre de l'éternité les trônes et les tyrans. En vain l'histoire, ce juge impartial qui règne sur les siècles, livre à la postérité les évènements du passé pour l'instruction du présent, les hommes subjugués par la fougue impétueuse des passions, restent froids à ses sublimes leçons. Incapables de modération, s'ils secouent un abus, c'est pour se jeter dans l'extrême et souvent tomber dans un plus grand. L'invasion des Barbares était passée comme un torrent dévastateur inondant l'Europe, submergeant dans ses flots tumultueux les restes de la civilisation et des beaux-arts qu'enfanta le génie de Rome et d'Athènes. L'ancien peuple disparut, un nouveau le remplaça. Il s'éleva fort et terrible, hantant, sur une société usée, les institutions d'un mâle et vigoureux courage. Parmi les peuples envahisseurs, les Francs se firent remarquer par leur fermeté à poursuivre, leur acharnement à vaincre. Selon les uns, les Francs, sortis des forêts de la Germanie, empruntèrent de leurs pères leurs usages et leur gouvernement. A ce peuple belliqueux, pour lequel la guerre était un jeu et la paix un opprobre, il fallait un gouvernement toujours actif, toujours armé. D'après Tacite, chez les Germains, le pouvoir dépendait du choix, et le choix se fixait sur le plus brave ; de même chez les Francs, ils élisaient pour chef celui dont ils avaient remarqué la bravoure au milieu de la mêlée. Quoi qu'il en soit, lorsque la lourde Framée eut brisé les faisceaux romains dans les Gaules, Clovis divisa le pays en trois parties : l'une fut donnée au clergé, une seconde aux soldats, et la troisième à ceux qui l'avaient aidé plus particulièrement dans ses victoires en partageant le commandement. Les généraux reçurent des bénéfices à titre de féode, et de là vint le nom de féodalité. Le chef du féode était tout à la fois juge et roi. C'était lui qui présidait aux preuves judiciaires, c'était lui qui repoussait l'ambitieux ou l'étranger envahissant le territoire. Elle était belle dans sa première origine cette organisation robuste et guerrière de la féodalité ! Comme ces arbres à la cime touffue, dont les rameaux s'étendent au loin, versant la fraîcheur et le repos sur ceux qui viennent s'asseoir sous leur ombrage, elle répandait autour d'elle ses rejetons protecteurs liés indissolublement ensemble, et les peuples se reposaient sans crainte sous son ombre. Un cri de guerre venait-il les éveiller, une armée était improvisée, les agresseurs étaient renversés, et tous retournant dans leurs foyers, déposaient à la muraille leurs armes, jusqu'à ce qu'un nouvel ennemi vînt exciter leur courage. Mais tel est le sort des choses humaines : elles dégénèrent avec le temps, et les plus sages institutions couvent dans leur sein un germe de destruction et de tyrannie. Les Leudes, comprimés par les sanguinaires enfants de Clovis, ne manquèrent pas de lever une tête altière, aussitôt que des mains sans forces laissèrent flotter les rênes de l'État. Dagobert, le premier qui, à l'immoralité la plus dissolue, joignit la religion la plus aveugle, sapa la puissance des rois en accordant à la noblesse le droit d'élection. Depuis ce moment, la race abâtardie du grand Clovis, plongée dans la mollesse, coula nonchalament ses jours au milieu des plaisirs. Les cruautés d'Ébroïn, la souplesse de Pepin, triomphèrent tour-à-tour de l'esprit remuant de la noblesse. Un des Pepin précipita dans l'abîme qu'il avait creusé le fantôme de la royauté, et se plaça sur un trône qui lui devait son existence. Le génie de Pepin, la grandeur de Charlemagne dominèrent la noblesse. A peine eurent-ils disparu, que les discordes s'accrurent de plus en plus entre leurs successeurs. Chacun, pour se soutenir, flatta ce corps d'un caractère remuant, qui, terrible dans ses effets, ne s'en montra que plus audacieux. Enfin parut Charles II, dit le Chauve. Trois frères se disputèrent l'empire. La querelle se termina par le drame sanglant de Fontenay, où cent mille hommes restèrent sur le champ de bataille. Depuis lors, la France, comme un lion atteint de graves blessures, cessa de semer l'épouvante à l'extérieur, et chacun put lui porter impunément ses coups. Inquiété tantôt par les Saxons, tantôt par les nobles, pour se mettre en garde contre les premiers, Charles fut obligé d'acheter le repos intérieur en accordant solennellement, par un traité, les priviléges de succession aux fiefs ainsi que le droit de justice. D'un côté, Robert se rend indépendant dans le duché de Bretagne; d'un autre côté, les deux Bernard enlevèrent le duché de Gothie et celui d'Auvergne. Hugues-le-Grand, succédant à Robert, étend encore sa puissance et livre à sa postérité ambitieuse le colosse qu'il avait élevé. A cette époque s'établit la différence des castes, et la masse ne fut plus regardée que comme un vil instrument. La hiérarchie du roi au duc, du duc au comte, du comte au viguier, du viguier au plus petit seigneur, rendit l'aspect de la féodalité imposant et sa puissance redoutable. Le roi fut le premier seigneur ou suzerain; on lui devait hommage. Lui-même, avait-il des terres dans la mouvance d'un seigneur, il devenait vassal, et devait, par un autre, prêter foi et serment. Parmi les vassaux, les uns, appelés majeurs, relevaient immédiatement de la couronne, les autres, mineurs, dépendaient d'un autre seigneur auquel ils devaient argent et service militaire. Le duc était un gouverneur de province; au-dessous de lui, était le comte chargé de rendre justice dans les différents cantons. Le comte avait pour assesseurs les échevins. Était-il employé sur les frontières, il prenait le nom de marquis. La féodalité alors, abandonnant sa mission, changea son bouclier protecteur en un sceptre tyrannique. Sa puissance surmonte toutes les digues, ébranle les trônes, et un pesant esclavage enveloppe les masses dans ses immenses réseaux. Le peuple fut remplacé par le seigneur. L'inégalité de fortune, l'esprit de domination souleva et fomenta les guerres. Toute l'Europe ne fut plus qu'un grand champ de carnage, et les populations, harcelées et mutilées, devinrent un héritage dont mille petits tyrans se disputaient les lambeaux, les armes à la main. La discorde, surgissant de proche en proche, agitait dans chaque village son poignard sacrilége, et les campagnes étaient ensanglantées. Un vilain n'était rien, le noble seul sans frein se vautrait dans le meurtre et dans la débauche, et pas une justice humaine ne faisait entendre sa voix. Dans ce temps de dépravation et de barbarie, le crime, pour s'assurer l'impunité, s'élevait à l'écart sur le flanc d'une montagne où coulait un torrent dont les profonds ravins formaient naturellement un rempart inaccessible, un asile aux fortes murailles. De hautes tours, rondes ou carrées, couronnées de plates-formes, flanquées tout autour de meurtrières, complétaient les fortifications de ce repaire du crime. Une d'entre ces tours se faisait remarquer par son élévation. Au sommet était suspendue, à deux solives croisées, la cloche destinée à sonner le tocsin d'alarme, ou à donner le signal du repos et de la réjouissance. Dans cette tour, veillait nuit et jour le Wate-Guayte, qui devait annoncer avec une corne recourbée le commencement du jour et la fin des travaux, ou encore donner la huée ou annonce d'un meurtre ou d'un vol. Presque toutes les tours étaient unies ensemble par des murs crénelés. Les parapets, les palissades, les mâchicoulis, le canal, le pont sans garde-fous, tel était le redoutable aspect du manoir féodal. La distribution du château était irrégulière; c'était un ensemble de chambres mal disposées. Au milieu, l'on voyait une grande salle qui était comme le lieu d'exercice et de jeu du seigneur. Aux murailles pendaient les armes des ancêtres. Au milieu était le gynécée large de douze pieds, à l'extrémité la cheminée où pouvait brûler un chêne tout entier. Dans les couloirs obscurs, des chiens, habilement dressés, donnaient la chasse aux belettes, aux fouines et aux mulots. Là, était une petite tour appelée oubliette, où la victime était précipitée vivante. Au-dessous du château étaient creusés de profonds souterrains, où la justice seigneuriale jetait pêle-mêle le serf et le reptile immonde. L'eau qui tombait en grondant sous ces voûtes sonores, imitait assez bien par son bruit le tumulte confus produit par une troupe qui s'avance en bataille, et faisait de temps en temps redouter une surprise. Plus loin, s'enfonçait un autre souterrain que n'éclairait jamais la lumière du soleil, où jamais ne circulait un air vivifiant. Dans le mur, on apercevait un enfoncement en forme de berceau, au-dessus des chaînes; c'était le lit de douleur où gisaient, chargés de fers, ceux dont la vie devait se consumer dans les douleurs indicibles de la privation la plus absolue. Voilà les idées que rappellent ces vieux monuments à masse imposante, que le temps n'a point entièrement détruits de sa dent corrosive. Ces débris des siècles passés jouent encore un grand rôle dans l'imagination populaire; aujourd'hui, comme autrefois, la terreur semble en défendre les abords, ce n'est qu'en tremblant qu'on y pénètre pendant la nuit, parce que des fantômes effrayants y errent au milieu des ombres. Il n'est pas de château qui n'ait son histoire à part. L'un est célèbre par des cruautés, l'autre par l'esprit romanesque du seigneur; pour moi, sans m'embarrasser dans le difficile labyrinthe du moyen-âge, laissant de côté son grand cadre poétique, je ne parlerai que d'un château peu connu, à cause de la solitude qui règne autour de lui.

CHAPITRE I.

Tableau. — Le château de Montmorillon. — Bonheur passager. — La guerre. — Malheur.

Au Sud-Est du Bourbonnais est une contrée presque déserte, entrecoupée de montagnes couronnées de bois de pins. Si l'on erre dans ces solitudes, rien ne décellera l'habitation humaine, tout est silencieux. Cependant, la variété du tableau qui se déroule aux yeux, les accords confus des pins qui balancent dans les airs leurs cimes pyramidales, excitent la rêverie, et les heures s'envolent d'une aile rapide. Tout-à-coup un bruit sourd trouble le silence de la solitude. Un petit torrent roule sur un lit rocailleux, et au loin se voit une roche élevée d'où l'eau se précipite en écumant et tourbillonne dans le gouffre retentissant, puis reprend son cours et coule en gémissant. Un peu plus loin, de grands pans de murailles à demi-ruinées, où s'entrelace le lierre grimpant, frappent mystérieusement les regards. Du côté Ouest, quatre tours coupées par la moitié; à l'opposite autant: au Nord, des rochers; et les traces d'un canal et d'un pont-levis annoncent l'antique séjour de l'opulence. Au-dessous, l'on voit dans son entier un cachot que ronge le salpêtre, et dans les murs on distingue des anneaux de fer, où souvent l'innocence opprimée par la justice arbitraire du seigneur expira dans les tortures. Ici est un souterrain secret, où l'on voit une grosse pierre qui semble encore teinte de sang; c'est là que le seigneur exerçait ses cruautés en écrasant entre deux lourdes pierres la tête du malheureux. Au-dessus, il ne reste que des décombres où poussent les ronces s'enlaçant aux épines. Ils ne sont donc pas immortels les ouvrages des hommes? tout passe donc hors leurs vertus et leurs crimes? Là, dans un temps plus reculé, habitait un seigneur dont le regard inspirait la terreur, à présent le reptile y siffle et le moucheron y bourdonne en paix.

A un béfroi qui s'écroule est suspendue la cloche du vieux temps, qui appelait jadis à la prière haut et puissant seigneur. Dans ces salles si animées autrefois, croît aujourd'hui, sans être foulée, l'herbe semée par les vents; et aux pieds de ces vieilles tours où semblaient résider la mort, sont groupées quelques cabanes, séjour du bonheur. Telles sont les ruines du château de Montmorillon, célèbre par les cruautés de son seigneur. Près de là, vivait dans le quatorzième siècle, une famille dont la vertu et les malheurs ont immortalisé la mémoire. Raimond en était le chef, jeune homme plein de vigueur et d'intelligence, il était devenu les délices du village, et Julie la plus belle fille du hameau, se jugea trop heureuse de fixer sur elle son choix. Tous les deux coulaient des jours sans nuages, le ciel avait béni leur hymen et leur avait accordé une enfant. Ils vivaient ainsi dans ces joies pures et ineffables qui donnent au mortel vertueux un pressentiment, des ravissements éternels, lorsque les cris de la guerre répétés de village en village, les arrachèrent à ce paisible bonheur. Profitant de nos dissensions intérieures, l'Anglais, pour lequel tout moyen de succès est glorieux et sacré, avait jeté sur le sol français ses bataillons nombreux, et la terreur s'était partout répandue. A la voix de la patrie, chaque hameau envoie ses soldats; une petite troupe s'assemble sous l'étendard de Montmorillon. Raimond fut de ce nombre. Son épouse, toute en pleurs, l'accompagna jusqu'à la montagne, tenant à son cou sa petite enfant. Le signal est donné, il faut partir, il faut abandonner celle qu'un saint amour avait unie à son sort pour l'adoucir. Il n'est plus de retard : déjà la trompette retentit, l'étendard déroulé agite dans les airs ses plis mouvants, les rangs se forment; il faut partir. Le guerrier attendri s'arrache des bras d'une épouse chérie, il s'éloigne malgré lui, et tout en s'éloignant, il fixe sur elle un regard rempli d'un profond sentiment de tristesse. Il voit les larmes couler, expression d'une douleur qu'il ne peut plus soulager, et il chemine morne et triste. Une famille éplorée, la gloire, le triomphe, suscitent tour à tour ses pensées; il aime à se figurer, revenant des combats, chargé de gloire et racontant aux autres ses exploits, et il sent s'adoucir un peu sa tristesse. La troupe de Montmorillon ne tarda pas à se joindre à celle du duc. On s'avance à marche forcée, les ombres avaient remplacé huit fois la lumière depuis que l'on avait quitté les délices de la famille, et l'on se trouva en présence de l'ennemi. La bataille fut bientôt engagée. Les chevaux hennissent aux belliqueux accords du clairon et frappent leur poitrine haletante de leurs nasaux brûlants. Les armes brillent dans les mains et décrivent autour de chaque guerrier des orbes lumineux. Une étincelle parcourt tous les rangs, une nuée de traits obscurcissent la lumière du soleil. Tous les guerriers se sont élancés, animés d'une égale valeur. Déjà les premiers ont été engloutis dans l'abîme que la mort a creusé sous leurs pas. Les épées se croisent, se heurtent, volent en éclat. Les chevaux foulent aux pieds et les braves renversés et les casques brisés. Des clameurs confuses, semblables au rauque mugissement du torrent qui descend des montagnes, s'élèvent du milieu de la plaine sanglante. La mort, malgré ses formes hideuses, ne fait frissonner aucun combattant. Les rangs remplacent les rangs; ils s'avancent semblables aux vagues que la tempête roule sur le rivage et qui, refoulées par les rochers qui bordent la plage, reviennent sur elles-mêmes et s'engloutissent. Le succès est encore indécis, la France n'abandonne point si facilement la victoire; il lui reste encore plusieurs mille chevaliers qui ne connurent jamais la crainte. On se mêle avec une nouvelle ardeur, le fer fait de larges blessures, le sang roule à bouillon. Chaque seigneur, brûlant de signaler sa valeur, affronte téméràirement le péril. Montmorillon, enveloppé soudainement par un corps d'ennemi, se défend en désespéré, ses pages et ses écuyers ont succombé. Raimond, à la vue du danger qui menace son seigneur, se précipite à travers les rangs, écrasant à coup de hallebarde tous ceux qui s'opposent à son passage. Il arrive, couvert de sang, épuisé de fatigues, vers son seigneur;

il redouble d'efforts, parvient à le délivrer, il est frappé d'un trait mortel et il tombe en-enseveli sous son triomphe.

Le ciel protégea la France, la valeur et l'habileté de l'intrépide Duguesclin triomphèrent des Anglais. Déjà la patrie, après un violent orage, put relever sa tête plus glorieuse; les ennemis, forcés à la paix, abandonnérent nos provinces, et les guerriers, chargés de gloire, retournèrent au sein de la famille. Julie, depuis le départ de son époux, avait été plongée dans une vive inquiétude; aussitôt que la Renommée eut annoncé la fin de la guerre, chaque soir elle se rendait sur la montagne où ils s'étaient séparés. Ne viendrait-il pas! Elle prêtait au plus petit frémissement une oreille attentive, et plus d'une fois l'erreur fit battre son cœur de joie. Entendait-elle sous le feuillage le soupir du soir, le gémissement de l'écho, c'était les pas des guerriers qui retentissaient dans le lointain. Enfin, la bannière de Montmorillon parut; mais, hélas! elle ne devait plus revoir Raimond. Oh ! fatale nouvelle, qui tomba sur elle comme le spectre hideux de la mort. Ses lèvres devinrent livides, quelques cheveux épars et mouillés se colaient sur son visage, elle se frappe la poitrine en accusant le ciel. Revenue de son désespoir, ses yeux se fixèrent sur son enfant, et la couvrant de baisers, elle lui disait : « Vraie image de ton père, tu es mon unique espérance, je ne veux vivre que pour toi. »

Les grands n'oublient rien aussi rapidement qu'un service ; aussi, à peine Raimond eut-il disparu que son généreux dévouement fut oublié; et cette pauvre mère délaissée, sans secours, pour fournir le nécessaire à elle et à son enfant, travaillait jour et nuit. La nature épuisée ne put résister, la pauvre mère fut abattue, et à son dernier soupir, une grosse larme roulait dans ses yeux mourants, et elle disait : « Va, mon amour, je ne t'oublierai point dans le ciel, je prierai Dieu pour toi et il te sera un père et une mère. » Elle dit, et son ame avait été reçue par les célestes phalanges. La petite Marie, c'était le nom de l'enfant, poussant un cri déchirant, se jette sur sa mère inanimée, la presse de ses bras innocents, l'appelle par son nom, ma mère!... ma mère!.. mon Dieu, je n'ai plus de mère!...

CHAPITRE II.

L'éducation. — Le sentiment du cœur. — Allinace. — Crainte.

Marie restait orpheline et sans secours du côté des siens. Elle avait quelques parents qui demeuraient dans un village plus éloigné, et il ne s'en présenta aucun, pas même pour fermer les yeux à sa mère. Dans un temps où la cruauté menace la sécurité personnelle, les liens du sang se relâchent beaucoup s'ils ne se rompent pas entièrement; chacun, en face de la mort ou de la persécution, oublie facilement ses proches pour ne songer qu'à soi : la persécution momentanée fait paraître l'attachement de la nature, si elle se continue elle l'abat. Il est cependant rare que l'enfance reste sans appui, dans tous les cœurs il est un sentiment qui porte à la pitié pour cet âge tendre et innocent. Thomas, qui s'était toujours distingué dans le hameau par son empressement à soulager le malheureux, arracha la petite Marie des bras de sa mère; il lui prodigua tous les soins d'un père. Santarès, au zèle vraiment patriarcal, pasteur vénérable que l'on voyait sans cesse errer dans les campagnes pour s'informer s'il n'y avait pas une douleur à adoucir, une infortune à consoler, se chargea d'instruire Marie et Simon, fils de Thomas. Les deux enfants se développaient sous ses soins, et les vertus évangéliques germaient dans leurs jeunes cœurs. Les deux enfants grandissaient ensemble, une vague sensibilité les entraînait l'un vers l'autre par tendresse ou par illusion; ils ne s'appelaient plus que du doux nom de frère. Quand le sentiment avec l'âge eut pris tout son accroissement, une secrète inquiétude, un malaise moral, un besoin de se communiquer, ce qu'ils avaient ignoré jusque-là, les tourmentaient continuellement. Désormais ils ne s'approchaient plus qu'en rougissant; ils se cherchaient, et à peine leurs regards s'étaient-ils rencontrés qu'ils s'évitaient aussitôt. Parfois on surprenait Marie, chaste colombe, assise sur les bords d'un ruisseau, toute baignée de larmes, puis se levant précipitamment, chanter d'une voix mal assurée la chanson que les bergères du village avaient consacrée à leur berger. Simon, de son côté, était triste et rêveur. Thomas ne tarda pas à découvrir la cause de cette mélancolie, il connut qu'ils étaient agités par une forte passion, et vit que l'unique moyen de calmer le trouble qui égarait leur esprit, était de les unir.

Le soleil éclairait une autre hémisphère, les ombres, amies de l'homme, étendaient leurs voiles enrichies de brillantes constellations; la famille, selon l'habitude, était réunie en cercle au foyer des ancêtres. Thomas prenant à côté de lui ses deux enfants, leur expliqua adroitement les sentiments qui les agitaient, et termina en disant : « Marie, de ma main, reçois Simon, et toi, Simon, reçois Marie. » L'un et l'autre aussitôt fondant en larmes se prosternent à ses genoux. Le cœur battait fortement, la bouche était muette, mais leur silence expressif parlait éloquemment. Dès ce moment leur union fut résolue. Oh! que l'instant qui devait les unir pour jamais était long à leur impatience. Le soleil, chaque jour, poursuivait trop lentement sa carrière accoutumée. Désormais ce n'était plus qu'agitation dans le cœur des deux amants, et à mesure que le jour s'avançait, l'époque désirée semblait reculer. Chaque matin Simon cueillant la simple fleur des champs, la présentait à sa Marie, et son regard enflammé lui disait : je n'ai d'autre bonheur que de songer à toi ; et la pudeur couvrait le front de Marie, et elle baissait un œil tendre, timide et languissant.

Le temps fixé n'était pas éloigné, une inquiétude de plus en plus vive tourmentait la vierge ; soit pressentiment, soit superstition, elle redoutait ce jour comme un jour de malheur. — Entends-tu, dit-elle un soir à Simon, les cris lugubres de l'oiseau de la nuit ; fasse le ciel que je me trompe, mais je suis épouvantée en songeant à l'avenir : toujours mon sommeil est troublé par des songes qui m'effraient. — Laisse-là de côté et les oiseaux et les songes, t'en alarmer serait une crédulité impie. Le ciel n'emploie point de semblables moyens pour manifester ses volontés aux hommes. Va, crois-moi, dissipe cette frayeur, ne blasphème point dans ton ame en pensant que la Providence veut nous rendre malheureux. Moi, tous mes rêves ne sont que de bonheur. Hier, dans le fond du jardin, j'ai vu sur le même nid deux blanches tourterelles ; soir et matin elles unissent leur doux roucoulement. Tranquillise-toi, laisse-là les oiseaux et les songes : qu'ont-ils de commun avec notre bonheur ?

CHAPITRE III.

Un banquet innocent. — Le départ. — Projet du seigneur. — Bénédiction nuptiale. — Enlèvement.

Le jour avait succédé au jour, et le moment si désiré s'avançait à grands pas. Le voile de la dernière nuit commençait à se replier, l'aurore chassait du ciel les étoiles importunes. L'astre-roi de la nature s'avance entouré de sa gloire, la pourpre et l'or flottent à l'horizon. Quelques petits nuages portés sur l'aile de l'inconstance et des zéphirs, s'échappaient en flocons de neige, surmontés d'une teinte rosée. Les oiseaux, plus joyeux qu'à l'ordinaire, élevaient dans les airs leur tendre gazouillement. Simon, plus vigilant que l'aube matinale, vole à Marie le cœur battant d'ivresse. Elle ne prenait point part à la fougue de ses transports. La joie expansive de Simon dissipa néanmoins sa tristesse, le calme parut de nouveau sur son visage. Les ténèbres étaient tombées devant la lumière ; tout le village impatient était sur pieds. On s'avança vers la chaumière pour fêter les jeunes époux. La joie pétillait dans tous les regards. Tout est naturel dans les gens sans préjugés ; leurs plus belles fêtes se ressentent de leur simplicité. Sous un dôme de branches verdoyantes, enlacées étroitement ensemble, assez épaisses pour tempérer l'ardeur du soleil, est dressé l'apprêt du festin. Des gerbes de lumière s'échappant à travers le feuillage, décrivaient des arcs nuancés de mille couleurs. Au milieu était la place d'honneur destinée à la fiancée, une touffe de différentes fleurs vacillait au-dessus de sa tête ; tout près, à gauche, était le siége réservé à Simon. En ce jour, tous oubliant les maux passés, s'enivraient de joie. Quand Marie levait ses regards les convives souriaient et disaient : —La Dame et les bons anges la béniront. Elle a perdu son père et sa mère, Dieu la voit en grande compassion et pour soutien il lui donne Simon, Simon, digne de partager son sort ! Après un frugal banquet, après qu'un père, chargé d'années et de vertus, eut invoqué le ciel sur la tête de ses enfants, on partit, répétant : — Heureuse soit Marie ! le ciel doit la rendre heureuse ! L'écho de la vallée, éveillé par leurs cris bruyants, semblait partager leur ivresse, et la joie de la vierge brillait à travers des larmes de pudeur, comme la rose printanière où se suspendent en gouttes diaphanes les présents du matin. On se dirigea vers la chapelle, afin que Santarès donnât l'irrévocable bénédiction. Le cortége champêtre marchait tout occupé de pensées de bonheur.

A l'Ouest du château était la chapelle : voyez-vous cette cloche suspendue à ce béfroi croulant? C'est elle qui tinta pour le mariage de la vierge. Pour se rendre aux autels, il fallut passer devant le château dont voici les débris; voilà la tour du haut de laquelle le seigneur regardait défiler le cortége. Ses regards avides cherchaient la fiancée. Enfin il la débrouilla. C'était une jeune fille, chef-d'œuvre de la nature, timide comme une colombe, l'incarnat de la rose colorait ses joues, ses lèvres ressemblaient à la pourpre. — C'est elle, s'écria le seigneur, — et des feux impurs bouillonnèrent dans son ame, et il résolut de l'enlever. Aussitôt sa voix forte se prolongea sous les voûtes du château. A cette voix terrible ses serviteurs accourent; les ordres sont donnés, les avenues sont gardées : tout est prêt pour l'enlèvement de la victime.

L'airain sacré répandait dans les airs ses sons plaintifs, plus plaintifs qu'à l'ordinaire ; Marie et Simon s'avançaient préoccupés. Saisis d'un religieux respect, tous les deux entrent dans le lieu sacré pour sceller devant l'Éternel l'amour qui doit les lier à jamais ; à leur suite pénètre la troupe joyeuse des vilains. Après avoir imprimé sur leur front le signe de la rédemption, ils s'agenouillent religieusement et des prières de flamme sur l'aile de l'innocence, montent dans les cieux. La solennité s'apprête, l'autel était orné de verdure et de fleurs, des cierges flamboyants projettaient sur les murs enfumés leur lueur vacillante, et l'ombre des colonnes renversées s'allongeait sur le parvis sacré, comme on voit s'allonger sur les gazons, les chênes d'une antique forêt renversés par la lumière tremblante de la lune. Le sacrifice commence ; recueillement profond. Santarès monte lentement les degrès de l'autel, redescend gravement, se frappe la poitrine en implorant le ciel. Le moment solennel est arrivé : les deux époux, à la voix de Santarès, se jurent fidélité ; ils s'inclinent profondément comme si la divinité se fût dévoilée à leurs yeux, et remplis d'émotion, ils s'échangent l'anneau nuptial, symbole du lien éternel qui doit les enchaîner. Santarès adresse à ses enfants ses paternelles exhortations. La Providence agissait dans son ministre, le voile de l'avenir se déroule et il tremble. — A genoux, s'écria le vénérable pasteur, demandons au Seigneur sa protection ; en vain la tempête s'approche, il peut l'éloigner de nous et les nuages qui portent l'orage peuvent se fondre en une pluie bienfaisante : priez donc le Seigneur qu'il éloigne l'orage de nos têtes ! A ces mots, tous, le front courbé contre terre, soupirent et gardent un morne silence. Soudain, une voix entrecoupée de sanglots dit : — Seigneur, ayez pitié de nous ! et toutes les voix répondirent : Seigneur, ayez pitié de nous !

La foi était jurée, le prêtre aux cheveux blancs avait béni l'alliance, rien ne paraissait manquer au bonheur des époux, et ils touchaient au dernier des malheurs. On sortait des autels, des esclaves accoutumés au crime se précipitent sur Marie : — Lâches, s'écria Simon, que venez-vous faire ? Ne savez-vous pas que cette vierge m'appartient, qu'elle m'appartient par un engagement juré en face du ciel et de la terre ? Non, vous ne me l'arracherez point ; avant de l'enlever il faut m'ôter la vie, ce n'est que la mort qui nous séparera ; et en même temps il la serra fortement contre son sein et chercha à fuir. Les esclaves la lui arrachent malgré ses efforts : elle pousse un cri, se débat et tombe évanouie entre leurs bras. L'homme accoutumé au joug est pusillanime autant qu'un maître lui tient le frein dans la bouche ; les vilains qui ne s'attendaient guère à cet enlèvement, furent pétrifiés d'effroi, et comme les oiseaux, timides à la vue du tyran des airs, ils se dispersèrent de différents côtés portant dans le village leur épouvante. Simon, de quoi n'est capable l'amour ! Simon seul résiste, brave et insulte ces forcenés ; seul il les attaque, tente d'entrer à leur suite dans le château pour en arracher sa Marie ou mourir avec elle. Que peut contre la force un courage désespéré !... Les portes de fer se ferment avec fracas et il rugit comme un lion.

Marie comme sans vie fût portée au tigre, sa chevelure tombait en désordre sur ses épaules arrondies, ses yeux comme éteints, roulaient dans les larmes, et sa tête se penchait comme une fleur mourante. Tout en elle parlait au sentiment, à la pitié : le sentiment ni la pitié ne se trouvent point dans l'ame des tyrans. Les soins les plus empressés lui furent prodigués pour la rappeler à la vie. Enfin elle entr'ouvrit les yeux, ses yeux noyés et sans éclat, et elle les referma aussitôt avec horreur. Ainsi, lorsque l'imagination est troublée par des songes lugubres, si parfois l'on parvient à sortir d'un pénible sommeil, les yeux s'ouvrent dans l'effroi et on les referme subitement comme à la vue d'un être infernal. Telle fut Marie, elle s'éveille, elle aperçoit le seigneur, aussitôt à sa vue elle frissonne comme le passereau sous les serres du vautour. Le seigneur employa en vain promesse et menace. La vierge était immuable, elle ne savait que répondre: —Simon, Simon, toi seul tu posséderas mon cœur. — Alors le farouche se dispose à l'oppresser, son regard se trouble, ses membres tremblent et il cherche à flétrir l'innocence. —L'honneur ou la mort, s'écria la vierge! — Il est des plaisirs dans la barbarie comme dans la jouissance légitime que permet la nature. L'homme consommé en crimes peut trouver son bonheur dans le sang comme un autre dans des actes de vertu. Nous n'avons qu'à dérouler l'histoire et lorsque nous aurons vu un roi faire monter un père sur l'échafaud, placer au-dessous des enfants pour les arroser de son sang, y assister lui-même avec satisfaction, ce que j'avance ne paraîtra point un paradoxe. N'a-t-on pas vu plus d'une fois le tyran quitter la couche d'une Messaline pour aller se repaître de sang au milieu des amphithéâtres. Il est des hommes ainsi constitués par l'habitude, que les gémissements arrachés par la torture produisent à leurs oreilles une harmonie plus délicieuse que les plus suaves concerts. On sait assez que dans le moyen-âge, un seigneur, à titre d'amusement, montrait son adresse à tirer de l'arc, en ôtant de loin la vie au pauvre serf, et que plusieurs trouvaient une satisfaction barbare à nourrir de la chair palpitante des vilains les oiseaux destinés à leurs récréations. Ces hommes sans vertu, dont la première qualité était l'ignorance, plaçaient leur bonheur dans le sang comme un peuple enfant ou dégradé dans des combats de bêtes féroces. Leur vie était une alternative de cruauté et de débauche, et la débauche souvent le réduit à la cruauté. La fougue de la passion ne dura qu'un moment; le cœur de tigre de Montmorillon redevint froid, la férocité reprit son empire, le souvenir de ses cruautés lui fit plaisir, et il rit d'un rire insensé en songeant aux supplices qu'il préparait à la vierge. Plus d'une fois il avait joui du spectacle de l'homme aux prises avec les tourments, et son œil aimait à contempler une boue de chair et de sang s'échapper à travers les instruments de torture.

CHAPITRE IV.

Situation de la vierge. — Un inconnu. — Un mot sur son histoire — Retour au château. — Communication.

Le seigneur se retira, et un souris satanique, exprimant toute la fureur de l'enfer, élargit ses lèvres monstrueuses. La vierge fut subitement écrasée sous la souffrance, et son cœur palpitait brusquement, et sa poitrine tremblottait comme la feuille du bouleau agitée par les vents. Elle resta seule. Qu'importait au seigneur, il savait bien que sa victime ne lui échapperait pas. D'abord elle fut sans mouvement, puis, sortant spontanément de son inaction, elle promène ses regards distraits. Sa vue indécise s'échappa nonchalamment à travers un jour qui donnait sur le parc, se repose sur la cime de quelques pins environnant le château. Ne voyant personne, elle sort et porte vaguement ses pas incertains. Absorbée par la pensée de ses maux, ne sachant où elle allait, elle se trouva dans un bocage. Là, n'ayant pour témoin que la nature, elle s'abandonne à tous les excès de la douleur qu'elle rend par des pleurs, des cris et des sanglots. Autour d'elle, mille oiseaux modulaient des chants mélancoliques, les arbres murmuraient tristement, une petite source harmonisait des notes plaintives comme un hymne de mort. Nous animons toujours de nos sentiments les objets qui nous entourent, et si nous sommes tristes, nous couvrons tout de notre deuil, aussi le chant des oiseaux, le gémissement des arbres, le murmure du ruisseau n'étaient qu'une voix de douleur. — Je suis bien malheureuse, se disait-elle; pourquoi ai-je reçu la vie? Ciel! tu n'es pas juste, tu ne jettes pas un œil de pitié sur la terre! Qu'ai-je fait pour mériter tes rigueurs? Simon, pourquoi lier ton sort à celui d'une infortunée? Ciel barbare!...

Près d'elle, en ce moment, sans être aperçu, était un jeune homme, prêtant au moindre soupir une oreille attentive. Quelle révolution soudaine s'opéra en lui, quelle agitation!... Comme la vertu parlait hautement, comme la tyrannie lui paraissait horrible! Une vierge pure comme un ange, destinée à un dur, honteux, éternel esclavage, voilà donc la récompense de la vertu! Le contraste de la vertu et du crime le bouleversait en lui rappelant sa conduite passée, et faisait naître en lui les plus nobles sentiments. Donner ses mains à la tyrannie pour opprimer les hommes ses frères, quelle barbarie! Et aussitôt il se passa en lui quelque chose de poignant et d'indicible. Il lui semblait voir les piliers chargés de victimes et de squelettes cliquetants au souffle des vents; il lui semblait que la vierge était torturée, que lui en était la cause, et que le seigneur assistant d'un œil froid, souriait de plaisir; et un frisson subit parcourut tous ses membres. — Non, se dit-il, que son sang ne tombe point sur ma tête, — et il résolut de se sacrifier pour son salut. Ce jeune homme n'avait point une ame avilie et cruelle; privé de ses parents, élevé dans le château, favori du seigneur, partageant quelquefois ses orgies, ses nobles qualités s'étaient endormies; il ne fallait qu'une circonstance pour les réveiller. La vue du malheur le rendit à lui-même, et il résolut de suivre la vertu et de résister à la tyrannie. Il était de ces hommes aiguillonnés par l'ambition, flottant entre le devoir et la fortune, parfois oubliant le devoir pour s'attacher à la fortune ; mais son cœur était bon, et un instant suffit pour le changer. C'est que, voyez-vous, les hommes ne sont pas méchants par caractère ; ils le deviennent par combinaison ou mieux par entraînement, et un moment, une réflexion les ramènent à cette raison instinctive qui fait que nous compatissons aux maux de nos semblables. A la vue d'un autre opprimé, la nature reprend ses droits, on se dit : — Nous sommes frères, prêtons-nous un mutuel secours. — Comme Victor jouera un rôle important dans la suite, je dirai encore un mot sur son histoire, plus tard je ne parlerai de lui que selon la marche des évènements, sans divaguer sur son caractère. Son père avait été fidèle et ardent esclave du seigneur; quand il ne fut plus, Montmorillon, en mémoire du père, se chargea du fils. L'esprit de l'enfant se développa rapidement, le seigneur en fut charmé. Il l'accoutuma à ses volontés, résolu d'en faire son intime confident. Devenu grand, l'orage brûlant des passions passa sur sa tête, il s'abandonna au torrent, et le seigneur ne l'affectionna que davantage ; car les méchants aiment parfois qu'on leur ressemble, afin qu'ils n'aient pas horreur de leur isolement. Tout occupé de ses plaisirs et de ceux de son maître, il avait oublié les devoirs de l'homme et persécuté la vertu. Bien qu'il lâchât la bride à ses passions, son esprit ne fut point dépravé, et il ne vit jamais qu'avec peine les cruautés de Montmorillon. Il est vrai qu'il présida à l'enlèvement de Marie, mais n'ayant jamais vu qu'une vierge enlevée fût persécutée pour sa résistance, il se proposait d'obéir à son maître, sans songer aux conséquences qui pourraient en résulter. Cet enlèvement devait être le dernier de ses attentats, la vertu devait reprendre son empire. En voyant à travers le feuillage le visage de Marie tout en pleurs, ce visage où se peignait le désespoir de la douleur, ses yeux bleus s'élevant dans le vague azur des cieux, son cœur fut déchiré, il sentit toute la honte du vice et toute la beauté de l'innocence. Il résolut d'être enfin homme quoi qu'il dût lui en coûter. Il forma le projet de la delivrer, se croyant assuré du succès, vu son autorité sur son maître. Insensé, ne savait-il pas que les paroles de la vertu tombent sur le cœur du tyran comme la rosée dans un désert aride. Le seigneur fut étonné de son langage, il ne lui répondit que par ces mots qui étaient comme une sentence de mort : — Songe à servir ton seigneur ! — Dissimulant, il partit, réfléchissant sur les moyens de secourir la vierge. Il se faisait tard, le soleil avait quitté l'horizon, les derniers reflets du crépuscule combattaient avec les ombres, la nuit descendait silencieuse et commençait à envelopper les monts de son crêpe noir, des étoiles paraissaient de distance en distance dans les cieux, une brise fraîche soupirait sous le feuillage; c'était l'heure où le villageois, délaissant la glèbe et la corvée, allait au sein de sa famille oublier les fatigues du jour. Que ce soir était fécond en pensées ! Hier, comme aujourd'hui, Simon était heureux, peut-être est-il mourant. Cette pensée et plusieurs autres suscitées par l'amour tourmentaient cruellement Marie. Abîmée dans sa douleur, elle était immobile à la place où elle était tombée. Pendant qu'elle était la proie de mille pensées déchirantes, Victor s'approcha près d'elle. Un inconnu à ces heures !... Cette vue glaça la vierge d'épouvante. Dieu, se dit-elle, je suis perdue ! — Oh ! s'écria-t-elle, vous avez une mère ; au nom sacré d'une mère, laissez-moi la vie, laissez-moi l'honneur. — Victor sentit ses entrailles se contracter, et il fut ému d'une profonde sensibilité. — Rassurez-vous, répondit-il, je ne viens point alarmer votre vertu, ni souiller mes mains dans le sang de l'innocence : vous secourir voilà le désir qui m'anime, trop heureux si je suis compté pour votre libérateur. J'en jure par la mémoire sacrée d'une mère, personne ne portera sur vous une insolente main. — Alors il s'arrêta un moment pensif, et il se dit : — Faut-il la bercer par l'illusion, faut-il dévoiler toute la vérité ? Non, non, cruelle vérité, reste ensevelie dans le secret. — Tournant ensuite sur elle un regard rassurant : — Ayez bonne espérance, dans peu vous serez rendue à la liberté. — Ce peu de paroles tombèrent sur l'ame de la vierge comme un baume bienfaisant sur une plaie douloureuse, comme une pluie tiède de juin sur un gazon altéré. Aussitôt sa crainte se dissipe et fait place à l'espérance.

Ils cheminaient à pas lents, les yeux fixés sur la verdure animée par le bourdonnement d'une multitude infinie de petits insectes. Ils étaient silencieux, le cœur ne prenait aucune part au sentiment de la nature qui semblait sourire aux approches d'une nuit délicieuse. Aucun gémissement dans les bois n'interrompait le silence de la vierge; ses yeux d'azur étaient inclinés tristement, on n'entendait que le frémissement de son haleine qui passait sur ses lèvres tremblantes. Victor le premier rompit le silence, il pénétra dans le secret de sa douleur, la partagea, s'attendrit avec elle. Alors qu'elle était belle, qu'elle était intéressante la vierge, lorsque des larmes coulaient sur ses joues éclairées par un sombre rayon de la nuit! Il aurait fallu n'avoir rien de l'homme pour rester insensible à tant de souffrances.

— Oh! s'écria Victor, votre vue me rappelle un souvenir bien cher; c'étaient mêmes traits, mêmes yeux!... Faut-il que jamais un bonheur durable ne nous accompagne ici-bas! sommes-nous faits pour souffrir toujours? ne nous reste-t-il, pour toute ressource, que l'espérance trompeuse et enchanteresse d'un douteux avenir, tandis que cet avenir fuit toujours avec son fantôme, et que le présent toujours nous presse avec un bras impitoyable? sommes-nous jouets d'une divinité capricieuse? Non, Dieu n'abandonne point sa créature:

rassurez-vous, jeune vierge, l'épreuve sera bientôt passée, bientôt vous serez rendue à la liberté. — S'interrompant ensuite tout à coup : — Seriez-vous née dans ce hameau? Comment se ferait-il que vous me seriez inconnue? de grace, racontez-moi votre histoire, on soulage ses maux en les racontant. — Et il ralentissait le pas, s'efforçant de retarder l'heure du retour, afin que le seigneur fût engagé dans ses orgies nocturnes et que la vierge fût heureusement oubliée. Rassurée, elle essuya ses larmes, sa douleur diminua peu à peu, et la flatteuse perspective d'une prochaine liberté calma l'agitation de ses sens. L'espérance est si consolante surtout quand on est malheureux, qu'on la saisit avec avidité; souvent l'on soupçonne l'illusion et l'on craindrait d'en sortir. Ainsi, lorsque dans un sommeil agréable l'esprit voltige après des plaisirs fictifs, l'ame s'arrête, et, tout en soupçonnant que le rêve n'est qu'une image, elle poursuit, et d'ineffables jouissances sont le fruit de son illusion. Elle céda aux vœux de Victor et commença un court récit.

— « Ce que je sais de ma famille, je ne l'ai point appris d'un père ni d'une mère; et elle soupirait : c'est le vieillard qui se chargea du soin de mon enfance qui m'en a instruite. Mon père succomba dans les batailles, j'étais au berceau. Oh ! ma mère !.. Elle fut bien malheureuse, bien malheureuse pour moi. » Elle s'interrompit suffoquée par les sanglots, essuya quelques larmes qui coulaient sur ses joues rouges et enflammées. « Je fus arrachée des bras d'une mère mourante, adressant pour moi au ciel des vœux ardents. Que n'a-t-il exaucé les prières d'une mère, je ne serais point aujourd'hui captive. Oh ! Simon, je ne serai point arrachée de tes bras ! Élevée par un homme du village, je reçus de lui les soins d'un père. Je grandissais parmi les filles du hameau. J'avais mon troupeau que je menais paître dans le vallon. Simon, son fils, y venait aussi. Le matin, au lever de l'aurore, sa main innocente cueillait des fleurs pleines de rosée, et me les présentait. L'amitié se développa en moi, et, par reconnaissance, je jurai de l'aimer toujours. — Comment ne pas t'aimer, cher Simon ! —Et son regard troublé s'éleva au ciel. Un jour, le temps était pesant, la rosée n'avait point rafraîchi la terre, et je goûtais le frais sur le bord d'un ruisseau. Un gros serpent, se glissant sous l'herbe sans être vu, se roulait vers moi. Simon l'aperçoit, pousse un cri, accourt, le tue et me sauve la vie. Nous nous aimâmes. Thomas, son père, proposa de nous unir. Le jour était venu, nous étions heureux. Des esclaves m'ont enlevée au sortir des autels, vous savez tout le reste. »

Déjà, malgré l'espoir de sa liberté, elle ne pouvait maîtriser sa douleur, souvent son court récit avait été interrompu par ses soupirs, souvent l'état pénible ou agréable de son ame s'était peint en traits de flamme dans ses beaux yeux. Quand elle parlait de Simon, une douce joie brillait sur son visage et une tendre fraîcheur se répandait dans tous ses traits. Quelquefois elle aurait voulu dissimuler sa tendresse, son ingénuité la trompait; l'innocence peut-elle se trahir? Sa candeur toucha Victor, aucun sacrifice ne lui paraissait pénible. La conversation avait fait oublier les heures, déjà on touchait au château. La nuit avait tendu entièrement ses voiles, une couronne de saphir et d'émeraudes ceignait son front obscur. Des nuages aux formes variantes s'amoncelaient à l'horizon, semblables à d'énormes pitons de rochers ou bien à une citadelle environnée de remparts et de précipices. Plus loin, c'étaient deux montagnes élevées, séparées par une profonde colline d'où s'échappaient des fleuves majestueux. Tantôt on les voyait se développer, imiter par leur éclat et leur fluidité les eaux réfléchissantes d'un lac vu dans le lointain, et, déroulant leurs zones diaphanes, s'échapper en flocons d'écume. Derrière cet amphithéâtre l'astre argenté de la nuit s'avançait sur son char vaporeux ; tantôt il paraissait dormir sous les nuages, tantôt il se balançait comme une nacelle sur le cristal mobile de l'onde et tantôt s'élançait comme le trait qui fend les airs. La lueur vacillante et mélancolique donnait obliquement dans les croisées du château. En ce moment, des sons mélodieux, portés sur les brises embaumées du soir, flattaient agréablement les oreilles. A ce signe, Victor comprit que le seigneur avait commencé ses orgies et que la vierge n'aurait rien à craindre de ses attaques. On fut bientôt au château. Marie, avec un serrement de cœur inexprimable met le pied sur le seuil et s'avance dans cette enceinte de malheur. Victor la conduisit dans une chambre retirée, destinée pour passer sa nuit. — Que notre Dame la Vierge vous soit à secours, — dit-il. Et il se retira murmurant des vœux pour l'innocence.

CHAPITRE V.

Une nuit de souffrance. — Le matin. — Pensées morales. — Espérance. — Doute. — Tentative du Seigneur. — Encore un inconnu. — Consolation.

Marie seule s'abandonna aux plus sinistres pensées. Elle espérait, il est vrai, de recouvrer dans peu sa précieuse liberté, mais cet espoir était combattu par le doute. Elle aimait, elle était enlevée, et esclavage, cruauté, séparation, tout se réunissait pour la martyriser. Le village avec sa simplicité et son bonheur, le château avec sa servitude et sa tyrannie se peignaient tour à tour à son imagination. Puis, par une transition brusque, passant à Victor : — N'a-t-il pas abusé de ma crédulité, disait-elle ? Élevés dans le village, nous ne savons point dissimuler, nous ; eux, au contraire, dès l'enfance, ont appris à cacher la vérité. Instruit à feindre, peut-être il m'aura surprise pour me jouer indignement. — Le malheur est toujours ingénieux à se forger des tourments ; ce qui existe, ce qui n'existe pas, ce qui peut exister, tout devient sérieux pour un infortuné délaissé de tous, tout devient le sujet d'un supplice. Ajoutez à cela un cœur de femme pur et brûlant, qui a concentré sur un seul la vivacité de ses flammes, qui en est séparé de ce tout, de sa vie, de ce complément de son être, et vous aurez une juste idée de la torture morale de la vierge.

Le trouble, l'inquiétude, le chagrin, les angoisses remplissaient sans cesse son ame. — Cher Simon, que je souffre loin de toi!.. Il m'a dit que je te reverrais bientôt, demain... Non, Victor ne m'a point trompée. Comme il partageait ma douleur! Ses paroles ne respiraient-elles pas l'indignation contre le seigneur? Quand il m'a quittée, quelle confiance ne m'a-t-il pas inspirée? Oh ! oui, il m'a dit la vérité! — Tout en roulant ces pensées irrésolues qui allaient et venaient comme un flux et reflux, le poids du chagrin et de la fatigue ferma sa paupière; elle s'endormit. Le sommeil, loin de lui être un bienfait, ne fit que redoubler ses maux. Il était lourd, sans cesse interrompu. Un énorme fardeau, semblable à un couvercle de sépulcre, pesait sur sa poitrine; tous ses membres étaient enlacés comme dans des replis tortueux de serpents. Elle s'agitait, s'efforçait de crier, et restait muette. Oh ! qui la sortira de cet affreux sommeil ! Dieu, ne l'abandonnez pas ! Enfin, après bien des efforts, il lui sembla avoir rompu les liens qui la captivaient, renversé le poids qui l'oppressait, et son regard s'entr'ouvrait avec tremblement, comme dans la crainte d'apercevoir un fantôme. Des langues de feu semblaient se dessiner à ses yeux, elle était essoufflée, ruisselante de sueur. Après de courts instants de douleur et de veille, son œil appesanti s'entrefermait, sa tête se penchait, et elle s'endormait en sursaut. A peine endormie, un songe effrayant se présentait soudain à son esprit. Tantôt elle voyait Simon, furieux et désespéré, rôder autour du château en prononçant son nom et poussant des cris lugubres. Elle courait à lui, ses jambes se refusaient à ses efforts. Tantôt il lui avait été rendu, elle le tenait serré dans ses bras, et elle s'écriait dans l'excès de sa joie : — Oh ! Simon ! Simon !... — Son ivresse ne durait pas long-temps. Cette seconde illusion se dissipait aussitôt pour faire place à une troisième. Simon, couvert de blessures, baigné dans son sang, pâle, défiguré, sans vie, était traîné par des assassins qui faisaient retentir de farouches clameurs, telles qu'en répandraient des cannibales dansant autour de la victime qu'ils ont égorgée. Simon assassiné, on accourait vers elle, non pour la massacrer, mais pour l'abreuver d'outrages. Elle se débattait, elle voulait fuir, elle tombait de précipice en précipice dans un abîme sans fond, où elle luttait vainement contre le trépas. Voilà sa nuit pleine d'agitations, d'angoisses. Jamais la mort avec toutes ses horreurs fut-elle plus redoutable que cette nuit douloureuse.

L'ange messager du jour avait doré l'horizon. Quelques reflets de lumière peignaient les vitraux de sa chambre, et se réfléchissaient sur son beau sein flétri par la tristesse. Les oiseaux, secouant dans le bocage leurs ailes humides de rosée, faisaient entendre de mélodieux concerts. La cloche sacrée, balancée dans la tour grisâtre de l'église, répandait dans les airs des sons graves, pieux et mélancoliques, et annonçait aux villageois la fin du repos et le règne du travail. Depuis long-temps Marie ne dormait plus, car la douleur est une sentinelle qui veille pour écarter le sommeil ; à l'aspect du jour, après avoir adressé à l'Éternel la prière de l'innocence, elle descend, inquiète, pour supplier sa liberté. Le doute et l'espérance se partageaient dans son cœur ; son amour lui persuade l'espérance, elle espère. Le seigneur s'était couché tard, il reposait pour réparer les forces qu'avaient détruites ses infâmes débauches. Irrésolue, elle marche sans dessein, et se laisse tomber sur un banc de gazon. L'atmosphère avait été pesante pendant la nuit. Les serviteurs du château, pour arrêter le coassement des grenouilles qui auraient pu interrompre le repos de leur maître, frappaient à coups redoublés l'eau du canal. La vierge fut étrangement surprise, et elle s'éloigna en songeant aux tyrannies des grands et à la bassesse des petits. Oh ! dans le village l'on n'agit point ainsi, il n'est point d'esclaves, tous sont égaux; celui qui a plus donne à celui qui a moins, tous s'entr'aident mutuellement. Ici les hommes sont bien malheureux; pour satisfaire la volonté d'un autre, ils sont obligés de se sacrifier eux-mêmes; pauvres hommes, que je vous plains! Les hommes ont donc bien dégénéré. Ils ont tous même origine, ils sortent tous d'un seul, tous ils ont la même fin. Pourquoi les uns sont-ils si élevés au-dessus des autres? pourquoi le grand nombre rampe-t-il, timides esclaves, aux pieds de quelques grands qui se jouent et de leur liberté et de leur vie? Ils sont frères, est-ce ainsi que se traitent des frères? est-ce ainsi que se traitent entre eux les animaux de la même espèce? Non, non, les animaux, moins féroces que l'homme, loin de nuire à leurs semblables, se réunissent pour le défendre; pour le sauver, ils combattent jusqu'à la dernière extrémité; entre eux il n'est point de tyrans; tous indépendants, ils errent en liberté dans le fond des forêts. L'homme seul trouble leur bonheur, et l'homme voit d'un œil sec et satisfait le champ qu'il a couvert de carnage.

Le jour, de ses premiers feux, éclairait les campagnes, les gazons s'animaient aux rayons du soleil, les fleurs penchaient vers la terre leur calice plein de rosée, les arbres frissonnaient, et l'eau, doux présent de la nuit, tombait en gouttelettes brillantes du feuillage verdoyant. Du battement de leurs ailes, les zéphirs rafraîchissaient les airs; la brise folâtrait sous les cheveux d'ébène de la vierge, et ils ondulaient avec grace. Sur son visage se mariaient la pourpre de la rose et la blancheur du lis, ses traits étaient animés mais tristes; on eût dit l'ange des dernières amours s'approchant d'un malheureux pour l'encourager à ses derniers moments, néanmoins son maintien était ferme et assuré, on voyait sur son front tout le calme de la vertu. — Mon Dieu, dit-elle, si les hommes sont si méchants, si le malheureux ne trouve pas d'appuis, au moins ne l'oubliez pas, vous ! On dit que vous avez pitié de l'orphelin et du pauvre : je suis orpheline et pauvre, ayez, ayez pitié de moi !

Bercée par les idées magiques de la liberté elle en attendait le moment avec impatience. Enfin le seigneur l'a fait appeler. Celui-ci la voyant pousse un souris. Il était affreux, ce souris, et elle en fut effrayée. — Eh ! bien, dit-il, la réflexion t'aura-t-elle changée? iras-tu revoir Simon ? — Ce nom délicieux produisit sur elle le même effet qu'un petit souffle sur une prairie émaillée de fleurs. Ses lèvres s'ouvrirent à un gracieux sourire, le seigneur se croyant assuré de sa victoire lui dit : — Insensée, penses-tu que Simon puisse se refuser à son bonheur, au tien et à mes droits. Je suis content de ta simplicité, j'aime que l'on tienne à son devoir, sans doute tu te trompes, mais ton erreur est aimable; bannis toute inquiétude, dès ce moment je te prends, toi et Simon, sous ma protection, vous serez heureux.—Et les promesses les plus brillantes lui furent prodiguées. Elle n'en fut point touchée. Développée sous l'œil de la nature, sans préjugés, élevée dans les nobles sentiments, elle ne connaissait pas de milieu entre le devoir ou la mort. Qu'ils sont insignifiants les lambris dorés, comparés au calme de la chaumière sauve-garde de l'innocence. La vierge fut désespérée, et toutes les tortures intérieures qu'elle avait déjà ressenties vinrent la déchirer. Ce serait en vain que l'on chercherait à donner un langage à ses pensées, il est des coups d'émotion où l'ame reste muette. Celui qui n'aura pas reçu de la nature un cœur glacé, me comprendra assez. Vous me comprendrez, vous, dont le cœur est d'amour et le sentiment de feu, vous, à qui je consacre mes premiers efforts, persuadé que le meilleur moyen de ne pas m'égarer et de ne pas tomber dans ma route, est de prendre pour guide cette vertu pure que l'on chercherait en vain ailleurs qu'en vous. Sa voix plaintive s'élevait vers le ciel, ses larmes coulaient abondantes, ses mains étaient jointes sur sa poitrine. Sa foi... trahir sa foi! Non, non! elle l'avait déposée aux pieds des autels, le ciel y avait apposé le sceau, Simon seul avait droit à son cœur, à Simon seul elle devait son amour. Les yeux du seigneur étaient ternes et passionnés, un horrible combat se passait en lui. La vertu a toujours sa puissance. Lorsqu'une religion d'amour prenant sa naissance dans le sein de l'Éternel, des cieux descendit sur la terre, pour relever les uns de l'abjection dont l'orgueil les avait accablés, pour abaisser les autres qui s'élevaient sur les masses en les écrasant de fers, pour détrôner, par la persuasion, ces divinités absurdes, qu'on croyait appaiser en livrant aux flammes ou au couteau de l'Eubage inhumain ce que l'on avait de plus cher, pour déraciner ces préjugés d'un peuple fanatique qui était voluptueux ou sanguinaire pour honorer dignement ses dieux, ne vit-on pas les bourreaux qui, par religion, déchiraient comme des bêtes féroces une victime avec des ongles de fer, se frapper la poitrine et s'écrier : —Je demande la mort !— Qu'elle est donc cette force secrète qui contraint l'homme à se torturer lui-même, quelle est cette voix qui gronde dans la solitude, ce spectre qui s'attache au coupable et le poursuit sans relâche? Quelle que soit la dépravation de l'homme, il peut bien obscurcir la vertu, étouffer pour un temps les remords sous la multitude de ses forfaits ; mais il n'est pas en lui de détruire entièrement son image sacrée, et il est des circonstances où le crime vaincu se trahit et rend hommage à la vertu. Montmorillon hésita, s'il ne récompenserait pas Marie, puis la passion brutale l'emportant, il songea à la violence, enfin il revint à son caractère de férocité, l'arrêt fatal fut prononcé, la vierge est déclarée esclave, et le château désormais doit être sa prison. Les paroles du seigneur bouleversèrent cette infortunée jusqu'aux divisions intimes de l'ame, sa douleur était sans bornes, elle ne trouvait ni paroles ni larmes, les sanglots naissaient et expiraient tour à tour ; elle se retira accablée, sans espérance.

Victor vint bientôt la trouver pour connaître l'issue de son entrevue. Le temps lui avait paru bien long, et souvent, avec attendrissement, sa pensée s'était portée sur la vierge, et la crainte l'avait fait trembler. Il mêla sa tristesse à la sienne et chercha à la consoler. Il l'encouragea à rester toujours ferme, il saurait des nouvelles de Simon, sa captivité ne serait pas longue. Ainsi il parlait, et avec raison ; car, d'un côté, il voyait la jalousie indubitable de la châtelaine, d'un autre côté, la haine était générale, le seigneur n'oublierait pas ainsi ses intérêts les plus chers. Marie, sans être rassurée, feignit la joie pour ne point attrister Victor. Celui-ci, dans la crainte d'être surpris, ce qui le rendrait suspect et l'empêcherait de secourir la vierge, crut prudent de se retirer. Cependant triste et désolée, Marie errait autour du château pour examiner toutes les issues. Ne pourrait-elle pas s'arracher de cette cruelle prison? Ce château est situé sur le penchant d'une colline, environné de hautes et épaisses murailles. Au-delà d'un premier mur, se trouvait un canal large et profond, au-delà du canal encore un second mur. Aucun espoir d'évasion, on ne pouvait franchir le canal que sur un énorme pont-levis. Tout ce qui entrait, tout ce qui sortait, ne pouvait entrer ou sortir que par un ordre exprès du seigneur. Toute infraction méritait la mort. Même après avoir passé le canal, quel espoir? Deux grandes portes roulant sur des gonds d'airain, étaient l'unique communication avec le dehors; là, étaient placées deux sentinelles pour veiller nuit et jour, crainte de surprise. Marie donc désespérant de ce côté un moyen de fuite, porta plus loin ses pas. Le château à l'opposite, était environné de parterres agréables. Mille petits ruisseaux promenaient sous les fleurs, à travers la verdure, tantôt rapidement et tantôt mollement leurs limpides et gémissantes eaux, serpentaient, faisaient mille détours, et après avoir porté aux fleurs la fécondité, se réunissaient dans un bassin de marbre chargé de sculpture en relief. Tout respirait ici une douce fraîcheur, tout y était vivifié par une ondée bienfaisante, tout y exhalait les parfums les plus odorants. Près du parterre s'étendait un petit bocage entretenu par la main de l'homme, les allées unies étaient ombragées par des arceaux de verdure impénétrables aux rayons du soleil. Ces beautés naturelles n'émouvaient point Marie. Que sont tous les charmes sans la liberté! Combien étaient plus beaux les ormeaux du village où le soir, assemblés au clair de la lune, les pères racontaient aux enfants l'histoire du vieux temps. Il était bien plus enchanteur, le vallon arrosé d'un ruisseau où, avec Simon, elle paissait son troupeau. Les bergers sans cesse faisaient résonner l'écho de chansons innocentes. Ici, un silence effrayant n'est interrompu que par le vent qui frémit dans les feuilles. Ici, les oiseaux sauvages osent à peine moduler leur chant, ils se taisent, s'enfuient, au moindre bruit. Les oiseaux du vallon chantaient bien plus joyeusement, ils étaient bien moins sauvages, ni le bruit des troupeaux ni le chant des bergers, ne les interrompait. Elle s'attristait cependant, la conversation de Victor faisait un peu diversion à sa tristesse. Au-delà du bocage, une forêt se perdait dans l'horizon, elle aurait pu chercher à s'évader de ce côté; elle désirait fortement le tenter, mais il se faisait tard, son projet pourrait se découvrir, on pourrait la surprendre, et alors, plus d'espoir de revoir Simon, elle se résigna donc à son sort, et retourna au château.

CHAPITRE VI.

Nouvelle de l'enlèvement. — Les tortures d'un cœur qui aime. — Santarès auprès de Simon.

Cependant la renommée, messagère infatigable qui grossit en volant, avait, dans tous les environs, porté la nouvelle de l'enlèvement de Marie et des cruautés du seigneur. Elle passait de bouche en bouche avec la rapidité de l'étincelle électrique. Dans toutes les familles, dans toutes les réunions, on ne parlait que de cet enlèvement. La courageuse résistance de la vierge, les infâmes tentatives de Montmorillon n'étaient pas oubliées. Sur ce que Marie souffrait, l'on ne savait rien de certain, et, ce qui arrive toujours en pareilles circonstances, chacun, à la lueur de son imagination, racontait l'histoire qu'il ne connaissait pas. Celui qui savait le moins souvent s'étendait le plus. L'un rapportait que Marie, évanouie dans les bras de ses ravisseurs, fut portée au barbare seigneur; là, qu'elle résista en vain, que la violence triompha. Un autre, démentant le premier, disait qu'elle n'avait point succombé, qu'elle endurait les rigueurs d'une cruelle prison, qu'à moins qu'elle ne cédât aux volontés du seigneur, jamais elle ne reverrait la liberté. Enfin, chacun faisait son histoire, sans savoir lui-même rien de ce qu'il persuadait aux autres.

Alors la douleur de Simon était à son comble. Le souvenir d'une troupe féroce, de son épouse arrachée de ses bras, implorant d'une voix lamentable un secours qu'on ne pouvait lui donner, le poursuivait partout et lui faisait endurer les plus vives tortures. En vain, un père et une mère, par les soins les plus ingénieux, s'efforçaient-ils de le soulager dans son désespoir; inutiles étaient leurs efforts. Simon ne voyait que Marie ravie à son amour. Semblable à un insensé, ses yeux roulaient sans fixité dans leur orbite, sa bouche s'entr'ouvrait comme pour parler, et il restait muet. On crut qu'il allait perdre la raison, que la mort s'en suivrait. Thomas, tantôt se jetant à ses pieds, tantôt le serrant dans ses bras en l'arrosant de ses larmes, le suppliait d'avoir pitié des cheveux blancs d'un père et d'une mère, de se conserver pour eux, pour eux qui l'aimaient tant! La raison ne pouvait rien sur lui. Sans cesse il se tournait du côté du château, d'une voix déchirante demandant aux murailles de lui rendre sa bien-aimée qu'elles tenaient captive, et sa poitrine se gonflait, sa respiration était embarrassée, et ses gémissements étouffés à peine venaient jusqu'à ses lèvres. Ses yeux secs et rouges, ses traits affaissés, tristes, sévères et pâles, montraient la vivacité de sa douleur. A chaque instant, regardant autour de lui, puis fixant ses regards sur la fatale prison, il poussait un long soupir, et se dirigeait vers le lieu où sa Marie lui avait été si cruellement enlevée. On s'efforce de le retenir. Il échappe à la vigilance de son père et s'élance du côté du château. Il arrive, fait le tour de l'enceinte en rugissant, désespéré, il retourne sur ses pas. Il veut s'élancer par-dessus la hauteur des murs; vains efforts, il est forcé de renoncer à son projet insensé. Oppressé par la lassitude et le souvenir poignant de son malheur, il tombe près d'un donjon demi-ruiné, résolu d'y attendre la mort. Les échos retentissaient de ses sanglots. — Marie, s'écria-t-il, Marie, quel barbare destin m'a séparé de toi !... Qu'un tyran t'arrache de mes bras, il ne pourra t'arracher de mon cœur. Quand, plus heureuse, on te parlera de Simon, tu sauras qu'à son dernier soupir, il prononçait ton nom. — Mais sa voix n'était qu'un vain son qui se perdait dans les airs : le donjon seul, touché de ses plaintes, renvoyait ses gémissements et répétait : Marie ! Marie ! Pendant qu'il était ainsi torturé, un assoupissement étouffa la plainte sur ses lèvres. Un pénible sommeil fermait sa paupière, il n'en souffrait que davantage. Dormait-il ? veillait-il ? il n'en savait rien. A chaque instant l'image de Marie, sous des formes toujours changeantes, se présentait à sa vue. — Repose, cher Simon, disait-elle, console-toi ; à jamais je te suis ravie : la mort !... — A ce mot, Simon, par un violent effort, rompit les liens qui l'enchaînaient ; soudain il tendit les bras pour fermer ce qui lui était si cher, il prenait l'apparence pour la réalité : il ferma les bras, il ne tenait rien. — C'en est donc fait, fondant en larmes, je n'en puis douter, tu n'es plus de ce monde, je ne te verrai plus !... C'est pour me consoler que ton ombre plaintive m'apparaît, mais, loin de toi, il n'est ni bonheur ni consolation ! — Et il était désespéré, et il tombait écrasé sous ses maux, et son cœur battait à coups inégaux. — Tu n'es plus, je te suis, je meurs. — Et sa voix encore était arrêtée par la douleur. — Non, je ne mourrai point avant de t'avoir vengé ; il faut que je plonge mon bras dans le cœur de ton assassin. Je rassasierai ma venvengeance dans son sein criminel. — Longtemps il proféra des plaintes amères. Enfin il succomba d'épuisement ; sa bouche s'entr'ouvrait, il n'en sortait aucune parole. Pendant que toutes les horreurs de l'enfer s'accumulaient dans son ame, que la douleur surchargeait sa poitrine, tout à coup, un vieillard à la taille élevée, à la démarche noble et majestueuse, semblable à un habitant des cieux qui aurait pris une forme humaine pour se communiquer à la terre, s'approcha de lui, le toucha doucement afin de ne pas trop ébranler ses sens affaiblis. Le jeune homme ouvre les yeux, le respect le rend muet, et il garde un moment le silence. La physiononie du vieillard s'anime, son regard éteincelle, sa voix devient affectueuse; une joie céleste colore son visage; il parle, sa parole, simple et tendre s'insinuait dans le cœur comme une goutte de rosée dans le calice d'une fleur desséchée par un vent du Midi. Les molles douceurs du repos ne se glissent pas plus agréablement dans les membres fatigués que ces paroles dans l'ame du jeune homme.— « A peine au commencement de ta course, tu t'avoues incapable de supporter les maux qui naissent sous tes pas; prends courage, sache profiter de l'adversité, ne murmure point contre la Providence, espère en son secours. Ne pense point que le grand puisse, à sa volonté, se jouer de son semblable ! Sais-tu si les maux que le Ciel t'envoie ne renferment point un mystère de justice? Tu te plains, crois-tu que le Messie, en proie à la calomnie, aux outrages, aux persécutions, aux supplices, eut moins à souffrir que toi? Que sont tes souffrances comparées aux siennes? Que son exemple t'instruise et te rende plus patient! Où donc est ce dénuement de tout, cette persécution, ces bourreaux, ces supplices? Parce que le seigneur t'enlève ta fiancée, tu es inconsolable, et tu demandes la mort! Sache supporter les souffrances, élève tes pensées au-dessus de la terre, implore la protection du ciel, il t'enverra la force. Ne peut-il pas, à sa volonté, changer le cœur des hommes? Ce Dieu, dont la main a coordonné l'univers, qui a placé dans l'espace ces astres immenses qui brillent au-dessus de nos têtes, ne peut-il pas arracher des fers la victime et dissiper la puissance du persécuteur comme la poussière est dispersée par les vents? Espère en Dieu, mon fils; cesse de te lamenter, pousse tes soupirs vers le ciel. Le ciel t'écoutera, et lorsqu'il aura exaucé tes vœux, ce qui fait ta souffrance fera ton bonheur.» —Il y avait tant de paternité dans le ton du vieillard, cette voix tremblotant un peu par l'âge, avait quelque chose de si touchant, que Simon sentit moins de douleur, et son courage et sa force renaître peu à peu. — O mon père! s'écria-t-il, vous qui avez un secret pour calmer les douleurs, vous qui parlez avec Dieu, le ciel ne peut rien vous refuser : ayez pitié de moi, le ciel vous écoutera.—Et il se jeta à ses pieds, et le vieillard le pressa sur son sein et pleura avec lui.

Santarès le fit transporter dans sa chaumière. Un sommeil, semblable à la mort, était survenu; il se réveille en sursaut : —Et Marie, qu'est-elle devenue, dit-il?—Marie, lui dit-on, bientôt sera délivrée; le seigneur l'a promis. —Vous me trompez, vous me trompez, Marie n'est plus, Marie n'est plus. — Et il fut suffoqué par une crise violente; l'on crut que la mort s'en suivrait, il en reçut du soulagement. Après la crise, un calme bienfaisant engourdit tous ses sens; un profond sommeil succéda, et il goûta long-temps un paisible repos.

CHAPITRE VII.

Rassemblement sur le soir. — Le discours d'un vieillard — Victor dans la chaumière de Simon.

Le soir, les villageois se rassemblaient sous le grand ormeau pour s'entretenir du malheur de Simon et de Marie. Tous attendris s'exhalèrent en plaintes. Chacun, maudissant son propre sort, se plaignait au ciel de sa patience à supporter une semblable tyrannie. La fureur les inspirait. Il n'y en eut pas un qui n'eût à se plaindre des mauvais traitements reçus. Le malheur de Simon et de Marie était le réveil d'une calamité publique qui rappelait vivement à chacun la dureté de son esclavage. Eux traités plus inhumainement que les bêtes de somme, toujours dévoués au seigneur, obligés de fournir aux plus pénibles travaux, voir aujourd'hui l'honneur de leurs filles et de leurs femmes outragé, voilà qui était au-dessus de toutes les cruautés. Tout à coup on vit s'avancer au milieu de l'assemblée un vieillard aux cheveux blancs; tout en lui respirait la tristesse. A sa vue, l'on garde un profond silence, on était impatient de l'entendre. Il était connu de tous par sa prudence, jamais il n'avait donné que de sages conseils. Il soupira un moment, se cacha le visage dans ses mains, et commença ainsi : — « L'ormeau sous lequel nous sommes assemblés, et où souvent nous

nous reposâmes accablés par la chaleur du jour, a vu passer bien des générations qui, comme nous, se sont assises sous son ombre. Là, dans un meilleur temps, une jeunesse bruyante, environnée de ses pères, se livrait à une gaieté folâtre. Le seigneur qui dominait à la place de celui-là, lui-même, au milieu des applaudissements, venait partager les jeux et les animer s'ils se ralentissaient. Le peuple n'était point tyrannisé comme aujourd'hui. Nos chaumières étaient visitées, si quelqu'un était dans le besoin, il recevait du secours. Il fallait voir comme il était aimé; il n'était personne qui n'eût volontiers livré sa vie pour le sauver. Était-il menacé d'une guerre, on se levait en masse, et l'ennemi était bientôt repoussé. Le malheur touche de près au bonheur, et plus l'on est heureux, plus l'on est près de l'infortune; aussi le ciel, jaloux de notre bonheur, ne tarda pas à nous l'enlever; les regrets de tous l'accompagnèrent à la tombe. La conduite de son successeur prouva bien que l'on avait raison de le pleurer. Aujourd'hui que les grands ont corrompu notre jeunesse, nous sommes traités durement, et notre sang sert d'engrais aux terres du seigneur. Nous arrosons les sillons de nos sueurs, notre récolte nous est enlevée ; c'est la verge en main qu'on nous arrache le nécessaire à notre malheureuse existence. Nos jours, nos nuits tout est consacré au seigneur, et, pour activer nos travaux, sans cesse les instruments de torture sont placés sous nos yeux. Plus malheureux que les animaux, on ne nous laisse pas même la permission d'assouvir notre faim avec les racines qui croissent dans les campagnes ; ce n'est pas tout, notre tyran a sur nous droit de vie et de mort, et nous accumule dans ses cachots où il nous mutile impitoyablement, sans que nous puissions réclamer aucune justice. On nous vend, et nous valons deux fois moins que les animaux qui sont attelés à son char. Nous ne possédons rien. Ne voyons-nous pas ses écuyers, ses pages s'approprier ce qui leur convient, et ces brigandages paraissent si justes, qu'un des commensaux est surnommé *pillard*; ce n'est pas tout, il faut payer double taille au roi, la taille au seigneur. Sa fille se marie-t-elle, la réjouissance s'annonce par notre deuil, et il finit de nous enlever ce qui nous restait encore. Sur nos blés, il prélève une dîme, dîme verte sur nos légumes, le charnage sur nos troupeaux, et la dîme novale sur les terres que nous avons défrichées avec tant de peine. On ne peut faire un pas sans trouver une nouvelle charge à remplir. Aujourd'hui corvée pour le seigneur, demain pour le roi. Encore si notre vie était assurée ; mais la mort est toujours à nos yeux, et il n'est personne qui puisse dire que le lendemain le jour commencera pour lui. N'avez-vous pas vu, pour avoir transgressé par mégarde les droits de garenne ou de colombier, nos pères chargés du carcan ou portant sur la tête le bonnet de fer rouge. En vain cherche-t-on par la fuite à éluder la vengeance du seigneur, on nous traque, on nous chasse comme des bêtes fauves, et on entonne des chants de victoire pour celui qui nous renverse morts. Nulle part nous pouvons trouver le repos, l'esclavage est partout. Oh! comble de dépravation, je me sens tout frissonner, je sens mes nerfs se crisper à cette pensée fatale... Un seigneur a le droit, quel droit grand Dieu!... Il a le droit sur la mère de nos enfants, sur la fille que nous avons élevée, et si parfois, évitant de déclarer son union, elle est découverte, elle est battue de verges, nue, attachée à un poteau. Célébrons-nous une réjouissance de famille, il faut admettre un sergent à notre table, et servir à son limier la meilleure part. La joie est le partage des grands, la misère est le nôtre. A la moindre querelle, il faut en venir aux armes, et notre jeunesse, arrachée de nos bras, est massacrée pour leur cause. Quand finiront tous nos maux? Quand ils finiront! lorsque nous aurons la volonté ferme d'être libres. Comptons nos oppresseurs, combien sont-ils ? Réunissons-nous, levons la tête, montrons notre masse, et les hommes bardés de fer trembleront; faisons-leur souffrir les maux dont ils nous ont accablés. Sachez-le bien, nos maux ne viennent que de nous; si l'honneur de nos femmes est méconnu, outragé, ne nous en prenons qu'à notre lâcheté. Que peuvent contre nous quelques seigneurs, soyons d'accord, tous leurs projets s'écrouleront; réunissons-nous, et nous verrons tomber nos fers. Ne soyons pas privés du fruit de nos travaux, que nos enfants soient arrachés des prisons où ils gémissent depuis long-temps; soyons unis, faisons respecter nos droits. »

Le souvenir récent des cruautés du seigneur arracha des larmes de tous les yeux. Une vive émotion succède bientôt à une muette tristesse. La rage, la soif de la vengeance enflammaient tous les cœurs, sur tous les visages brillait le feu de la colère. Tous ne formaient qu'un vœu, n'avaient qu'un désir : c'était de marcher contre le château, d'escalader les murailles, d'égorger le seigneur et de rendre Marie à la liberté. S'il faut mener une vie si malheureuse, ne vaut-il pas mieux mourir? —Oui, s'écrièrent-ils tous ensemble, mourons, mourons; s'il le faut, mieux vaut la mort avec toutes ses horreurs qu'une vie si pleine de souffrances et de misères. — Le vieillard, témoin de leur émotion, leur dit: — J'aime à voir briller en vous un si noble courage; sachez cependant que, sans la prudence, notre courage n'aboutirait qu'à notre ruine. Eh! que pouvons-nous? Nous sommes pauvres et faibles, nous avons à combattre contre des hommes riches et forts; où sont nos armes pour nous défendre? Le seigneur a des esclaves armés, prêts à marcher au premier signal. S'il apprend notre résolution, il tombera sur nous, et nous n'aurons que la persécution et la mort. Cachez votre indignation, qu'une joie affectée brille sur vos visages, que le mécontentement nulle part se manifeste. Pour mettre fin à ses brigandages, j'ai un autre moyen; s'il ne réussit, armés de la vengeance, nous marcherons contre le seigneur, nous lui arracherons Marie ou nous succomberons tous. Voilà, dit le vieillard, ce que j'ai résolu: Santarès rivalise de puissance avec le seigneur, il en est redouté, nous lui découvrirons nos maux, peut-être voudra-t-il nous secourir. — On approuve son conseil, on allait le mettre à exécution, lorsqu'un incident imprévu troubla l'assemblée. C'était un messager en pompeux équipage; à sa vue, l'on reconnaissait Victor. Pour remplir la promesse faite à Marie, il avait prétexté une visite dans les possessions du seigneur, afin de se dérober furtivement dans la chaumière où était Simon.

— Où donc, dit-il, est la chaumière de Simon, jeune homme à qui Marie a été fiancée? — Là-bas! là-bas! — s'écrièrent avec un ton de feu tous les villageois, en lui montrant du doigt la chaumière désolée de Simon. Et Victor s'achemina de ce côté. — Peut-être, dirent-ils, vient-il encore pour entraîner Simon et le charger de chaînes ! Armons-nous, arrachons-le de ses mains ; que le farouche seigneur sache que ses tyrannies sont passées, que le moment est venu de reconquérir notre liberté. — Ainsi ils pensaient, mais telle n'était pas la conduite de Victor. Victor entra sous l'humble toit où Simon gisant était en proie à la plus violente douleur. Ses yeux étaient enflammés, une fièvre dévorante coulait dans ses veines. — Dieu ! dit intérieurement Victor, faut-il que la vertu soit ainsi opprimée !... Quel spectacle déchirant pour un cœur sensible ! Une famille éplorée, gémissante, accablée du malheur d'un fils. Il suffisait de Marie pour rendre Simon à la vie, pour donner le bonheur à une famille, et Marie était entre les mains d'un tyran. Dieu ! s'écria Victor, voilà donc la justice que vous exercez : ceux qui vous servent gémissent sous l'oppression, ceux qui vous outragent sont comblés de bien ! — Il fit ensuite retirer pour un moment tous ceux qui étaient présents; un secret devait être confié à Simon seul. On se retira, Victor pleura avec Simon; il s'efforça de calmer son désespoir. Quand il eut pénétré jusqu'au fond de son cœur, il lui dit : — Le ciel nous éprouve par l'adversité, il ne nous abandonne point; ayons confiance en lui, tôt ou tard il se déclarera notre protecteur et changera notre tristesse en joie. C'est pour vous parler de Marie que je suis ici. Elle vous est fidèle, elle a résisté au seigneur, bientôt elle vous sera rendue. — Quand, sur un sol aride, sous un ciel de feu, les nuages, foulés par les coups du tonnerre, laissent échapper de leur sein une douce ondée, la terre entr'ouverte s'abreuve et se revêt de l'ornement de sa verdure ; quand, sur un gazon flétri par les rayons brûlants de l'astre du jour, tombe une rosée tiède et abondante, la plante redresse sa tige fanée, déroule à la féconde haleine du matin ses coroles qui ont repris leur vigueur, et elle brille bientôt de ses premières couleurs, ainsi, au doux nom de sa Marie, Simon sentit un charme ineffable s'insinuer dans son cœur, le poids de sa douleur tomber, et son ame s'épanouit à la joie d'une espérance enchanteresse. Une fraîcheur agréable se peignit sur son visage. La sérénité reprit son siége, quelques larmes coulèrent de ses yeux. Ce n'étaient plus de ces larmes pesantes qui tombent avec peine des paupières, c'étaient de ces larmes pieuses et douces, telles qu'on en voit verser à un époux lorsque, revenant d'un lointain voyage, il presse sur son sein tressaillant celle que le ciel lui a donnée pour embellir sa vie, charmer ses soucis. — Marie vit encore, Marie m'est fidèle : c'en est trop. — Tout en prononçant ces mots, son cœur battait d'allégresse, et je ne sais quoi de divin anima tous ses traits. — Que fait donc Marie, comment l'a traitée le cruel ? quand pourrai-je donc la presser sur mon cœur? pourquoi ne pas me la rendre ? — Marie, répartit Victor, serait heureuse, si elle pouvait l'être sans vous, son temps d'épreuves est passé, le seigneur pense à vous attacher l'un et l'autre au château, bientôt je vous ferai part de ses résolutions, bientôt Marie sera dans vos bras. — Après l'avoir consolé, il part, laissant les villageois dans l'admiration et l'étonnement. Qu'il est heureux le mortel qui, au milieu des souffrances, abandonné de tous, trouve un cœur pour compatir à ses maux ! La fièvre soudain se calme, la tristesse se dissipe, et un sommeil qu'un ange apporta des cieux ferma ses paupières fatiguées. Victor, en se rendant au château, était agité par de noires pensées. Les maux de l'humanité pesaient sur sa poitrine. L'homme paraît-il un instant sur la terre pour souffrir, toujours souffrir, et s'abîmer ensuite dans le gouffre du néant ! Il ne vit que peu de jours, et les misères marquent tous ses pas. Les maux environnent son berceau, il les suce avec le lait qui le nourrit; ils grandissent avec l'âge, se multiplient jusqu'à la tombe. Si une lueur de bonheur brille ici-bas, ce n'est point pour la vertu qui, semblable à un arbuste pliant et sans vigueur, devient le jouet de toutes les tempêtes. Le crime, comme un chêne orgueilleux, étouffant les plantes qui naissent sous son ombrage, soulève une tête altière, faisant tout courber sous ses bras d'airain. La vertu et le crime auront-ils le même sort? Ce monde est-il le jouet d'une divinité capricieuse qui se plaît dans le désordre, qui écrase ceux qui l'adorent et protége ceux qui l'insultent? Non, non, ce n'est point l'ordre de la nature; puisque ni le crime ni la vertu ne sont récompensés ou punis ici-bas, il faut un autre ordre où le crime et la vertu auront selon leur mérite. Tout en roulant ces pensées dans sa tête, Victor n'oubliait point un important sujet, il fallait délivrer Marie : les moyens d'y parvenir.

CHAPITRE VIII.

Remuement. — Le vieillard Santarès. — Santarès vers le seigneur. — Trouble du Seigneur.

Partout on parlait de l'apparition inattendue de Victor. Comme on s'était trompé ! on l'avait pris pour un infâme ravisseur, et il avait paru comme le calme au milieu de la tempête, comme un ange dans les anciens jours, descendant sous la tente des patriarches, s'entretenant familièrement avec eux, leur dévoilant l'avenir, racontant les maux que la fureur du Très-Haut allait répandre sur la terre. Chacune de ses paroles avait été retenue, on se les répétait, on se les gravait profondément dans le cœur, on manquait d'éloges pour lui donner, on se rappelait le moindre geste. Les gens simples, plus conformes à la nature que nous, toujours ajoutent le plus grand prix au plus petit bienfait, surtout s'il s'agit d'un grand. Il est si doux de trouver un protecteur dans un temps de persécution !...

Ils étaient pleins d'espérance, ils n'attendaient rien moins que la prompte arrivée de Marie. Pour hâter son prochain retour, ils résolurent d'exécuter le conseil que le vieillard du grand ormeau leur avait donné. Dès-lors ils se préparèrent à supplier Santarès de prendre en main leur défense. Le vieillard aux sages avis fut celui sur lequel se fixa le choix public. Il reçut le fardeau avec plaisir, quoiqu'il y allât de ses jours, car Montmorillon était soupçonneux, un rien l'animait, et la mort suivait ses craintes. Le vieillard le savait, mais il ne respirait que le bien de ses semblables. Que lui importait à lui, octogénaire, que lui importait de sacrifier au bien des autres une vie qui allait bientôt s'éteindre. La mort lui était douce s'il laissait après lui une mémoire bénie. Sans hésiter, il part et se rend chez Santarès. Après être resté quelque temps à attendre à la porte, elle s'ouvrit enfin, et lui laissa apercevoir une vieille gouvernante, dont la tête tremblotante, l'œil à demi-fermé, le visage enluminé, le front couvert de rides et un embonpoint plus qu'ordinaire, faisait assez connaître que son long séjour dans la maison lui avait donné sur les autres habitants de ces lieux une supériorité qu'il n'était pas toujours prudent de braver. C'est cependant ce qu'entreprit le sage vieillard qui, pour éviter toutes les questions dont elle n'avait pas manqué, selon son habitude, de l'accabler dès qu'elle l'avait aperçu, força la consigne et se rendit immédiatement près du vénérable patriarche.

Le vieillard se présente devant Santarès et courbe tremblant son front dans la poussière. Santarès relève une tête majestueuse. Bien que l'âge eût tempéré la vigueur de son sang, il n'avait rien perdu de sa force; son front large, chauve et sans rides indiquait une vieillesse heureuse que n'avaient point hâtée les plaisirs. C'était un homme au cœur évangélique, de ces hommes forts, mâles, vigoureux, quelquefois entiers dans leur volonté, et que la Providence ménage dans les temps difficiles pour opposer une digue soit à la licence effrénée, soit à l'ignorance despote. Issu d'une noble origine, entraîné dans le ministère des choses sacrées par conviction, il n'avait jamais transigé entre le devoir et la flatterie. Hautain quand il s'agissait de lui, fier quand il fallait résister de face au seigneur, humble dans sa vie publique, fallait-il défendre les intérêts de la masse foulée, c'était le plus sensible des hommes. A sa grandeur naturelle, il joignait une noble simplicité qui faisait qu'il ne craignait point de descendre de sa dignité et de partager les amusements populaires, joignant sa propre gaieté à la gaieté des autres, appelant chacun par son nom. A la vue du vieillard, Santarès fut douloureusement affecté; à la tristesse qui se peignait sur son front, il connut le malheur qu'il avait à lui annoncer.

— Vous n'ignorez pas sans doute, dit le vieillard, les maux qui nous accablent. Les travaux, l'indigence, tout pèse sur nous; mais nos maux ne sont point ce qui nous touche le plus. Si l'honneur de nos femmes était respecté, la plainte ne serait pas sur nos lèvres. On nous appelle aux corvées, nous y allons sans murmure; les fatigues du jour, nous les supportons patiemment. Que les coups du seigneur tombent sur nous seuls, nous les recevrons; mais emporté par ses brutales passions, il opprime partout l'innocence, et la désolation règne dans toutes les familles. Le soleil n'a pas éclairé trois fois nos campagnes, depuis qu'une vierge, en sortant des autels, a été enlevée par ce tyran, et, parce qu'elle résiste à ses barbares volontés, elle endure les rigueurs d'une cruelle prison, et peut-être... Ah ! ayez pitié de nous, secourez-nous, en vous repose toute notre espérance.

— Vos malheurs me touchent, répartit Santarès, mais qui peut être assez hardi pour reprocher au seigneur son injustice ! Il veut être obéi, mais il ne veut point qu'on lui commande. La raison n'a point d'empire sur lui, il s'irrite de tout, il commande à tous, et frappe soudain de mort quiconque ose lui résister. Malgré les périls qui me menacent, le sort de la vertu me touche, le devoir parle, il suffit. Je verrai le seigneur. — Le vieillard courbe de nouveau sa tête blanche jusqu'aux pieds de Santarès, et se retire plein d'espérance. Santarès, de son côté, songea à l'exécution de ses promesses. Après quelques instants de réflexion, sur le soir, il se rendit au château. Il demande le seigneur, il est aussitôt admis en sa présence. Il le trouva sombre et pensif; ses yeux roulaient comme deux globules de feu. Il cherche à donner le change à la noirceur de ses pensées, il le flatte, le loue, et passe au sujet de son arrivée.

— Tout autre, peu soucieux de votre gloire, entrerait dans votre passion, la nourrirait et vous engagerait à mépriser les larmes de l'innocence; pour moi, qui ne désire que votre bonheur, ce n'est point le langage des flatteurs que je vous tiendrai; la perte suit les flatteurs, votre gloire suivra mes conseils. Si le ciel vous a donné une position au-dessus des autres, ne vous en enorgueillissez pas, car tout dépend de sa volonté, et celui qui vous y a placé peut vous renverser de son souffle. Vous êtes issu d'une famille distinguée, déroulez l'histoire de vos aïeux, ils ne se servaient de leur puissance que pour faire du bien, et ils étaient adorés. Faites du bien aussi, et vous serez adorés comme eux.................

Pourquoi les hommes au-dessous de nous seraient-ils regardés comme des insectes rampant dans la boue, que l'on peut impunément écraser sous ses pieds ? Ne savez-vous pas qu'ils sont hommes comme nous, qu'ils ont pour père Dieu, et qu'un père venge l'injure faite à ses enfants. Quand le Christ vint sur la terre, doué d'une grande puissance, méprisait-il le pauvre ? Non, c'était sur les pauvres que tombaient ses bienfaits, parce qu'ils avaient le plus besoin de secours, et il attaquait avec force les puissants, parce qu'ils étaient les oppresseurs des pauvres. Le Christ est le modèle que nous devons suivre, et si nous ne l'imitons, il nous accablera de son indignation, et sa fureur nous consumera comme un feu dévorant. Ici, seigneur, vous pouvez bien éviter la vengeance, persécuter les hommes et rester tranquille dans vos plaisirs; mais vous n'êtes point immortel, et lorsque la mort qui n'épargne personne vous aura frappé, que deviendrez-vous? Ne pensez point que Dieu regarde d'un même œil et l'innocence et le crime; ne pensez point que votre puissance soit une raison pour arrêter les foudres éternelles ! Si celui qui a été élevé au-dessus de tous sait employer sa puissance pour le bonheur des autres, il deviendra parmi les élus éclatant comme ces étoiles qui brillent dans le firmament; mais s'il ne se sert de sa puissance que pour le mal, Dieu, vengeur des malheureux opprimés, le plongera dans les fournaises embrasées d'où est bannie la pitié et où n'habitent que les supplices. Au contraire, le pauvre qui aura été méprisé, la vertu qui aura été écrasée s'élèveront dans la gloire, et s'enivreront au sein d'ineffables délices. C'est alors que le maître deviendra l'esclave des esclaves. Détournez, seigneur, les vengeances célestes; protégez l'infortune, aidez la vertu, et votre nom sera béni, adoré parmi les hommes, et les regrets et les larmes vous accompagneront au-delà de la tombe.

N'abusez point de votre puissance, ne bravez pas la justice de Dieu lente à punir, mais qui punit enfin. Passez sur la terre en faisant du bien, soyez le défenseur de l'opprimé, l'appui de l'infortune, le père de tous, vous entraînerez tous les cœurs; si dans un moment d'orage il faut le secours des hommes, tous donneront avec joie leur vie pour votre salut. Rendez donc, seigneur, rendez donc la vierge : son innocence doit vous toucher. Je ne vous fais point un crime de votre action, vous n'êtes point coupable encore, en l'enlevant, vous n'avez fait que suivre un usage que la dépravation a généralement établi; mais dès le moment que vous savez que vous lui devez protection et respect à sa vertu, vous ne pouvez la retenir sans crime.

Pendant tout le temps que Santarès parla, le seigneur fut agité de différentes passions; il repondit par ces mots : — Je vois bien, Santarès, que la sagesse dicte tes paroles, je ne les rejetterai point, je mûrirai tes conseils, et si je dois rendre la vierge, elle recevra sa liberté. — Néanmoins, il ne donna aucune réponse décisive. Santarès se retira, espérant peu de son message.

Ses paroles retentissaient dans le fond du cœur de Montmorillon, et le déchiraient cruellement. Dans ce temps où la foi de l'anachorète se joignait à la férocité du guerrier, la religion était souveraine; et si, au milieu de la barbarie, elle faisait entendre sa voix, le tyran pâlissait sur son trône, le glaive ensanglanté échappait de ses mains. S'il se couvrait de sang, ce sang formait des vapeurs autour de lui, et les fantômes de son imagination vagabonde le poursuivaient sans relâche. On le voyait, l'air abattu et rêveur, agiter précipitamment la tête, s'arrêter tout-à-coup, passer sa main sur son front, comme pour chasser une funeste pensée. Un rude combat se livrait dans son ame entre la vertu et le crime. La vertu, tantôt lui apparaissant sous de riantes images, lui présentait une pure volupté, et le crime, tantôt sous des apparences hideuses, l'effrayait horriblement. Puis, la vertu se rembrunissant, le bonheur ne lui semblait pas résider là, et le crime, sous des formes moins sévères, couvert de fleurs, environné de plaisirs, paraissait l'appeler au bonheur. C'est ainsi que le méchant trouve son supplice dans son action même, et que le crime, devenant le bourreau de celui qui l'a commis, enfonce ses crampons de fer dans l'ame du coupable, et, vautour cruel, déchire son cœur toujours renaissant.

CHAPITRE IX.

La châtelaine. — La vierge tente la fuite — Son embarras. — Description.

Les graces et les bontés de Marie lui avaient concilié tous les cœurs. On s'intéressait vivement à elle. Connaissant sa généreuse résistance, la châtelaine voulut l'entretenir à part.

Elle lui prodigua les plus grands éloges, elle lui conseilla de résister avec douceur, car autrement elle pouvait brusquer le seigneur, et sa perte pouvait s'en suivre. Elle l'assura qu'elle triompherait et que bientôt elle aurait sa liberté. La conduite du seigneur, les paroles de la châtelaine lui donnaient de l'espérance ; mais elle n'était pas sans inquiétude. L'espérance semblait lui donner la joie, mais, au milieu de cette joie affectée, le trouble dominait toujours. L'on voyait bien que quelque chose de violent se passait en elle. Eh ! comment peut être heureuse une jeune amante, séparée de son amour, quand elle sait qu'il est malheureux et qu'il n'est point de terme à sa peine ! Malgré ce calme apparent, elle se flétrissait de jour en jour ; ainsi se flétrit une fleur séparée de sa tige. Comme l'amour est ingénieux à se forger des tourments. Un rien alarmait cette infortunée captive. Quand nous sommes sous l'influence de la crainte, tout ce qui nous environne paraît avoir des oreilles et des yeux. Si l'amour nous trouble, nous interrogeons tout, les gémissements de la brise sont les soupirs de ce que nous aimons. Que de fois la vierge confiait ses plaintes aux ailes des zéphirs, que de fois elle leur disait de les porter à son trop malheureux époux ! Ce qui causait ses souffrances était moins ce qu'elle endurait elle-même que ce qu'elle soupçonnait en lui. Ah ! qu'elle aurait désiré connaître ce qu'il souffrait, et lui faire savoir comme elle était tourmentée loin de lui ! Comment s'ouvrir ! A la vérité, elle avait tout dévoilé à Victor, il lui avait témoigné de l'intérêt ; mais le charger de ce pénible message, c'était le compromettre, elle aimait mieux souffrir. Son inquiétude était telle, qu'elle ne pouvait se taire long-temps. Avant de communiquer sa pensée, elle voulut s'enfoncer du côté du parc qui était vis-à-vis du bocage, pour voir si elle pourrait elle-même s'affranchir de son affreuse prison. Telle, dans la saison des amours, l'on voit une jeune biche flairer l'air, regarder autour d'elle, et courir dans l'épaisseur des bois pour rencontrer le cher objet de ses feux; ainsi la fille du hameau, après avoir promené autour d'elle ses regards inquiets, s'élance comme un trait, le cœur palpitant de joie, dans l'espoir de reconquérir sa liberté et son époux. Les beautés de la nature, qui dans un autre temps auraient excité en elle les plus vives sensations, la laissaient froide. Une unique pensée remplissait son cœur, c'était la pensée de son amant. Bientôt elle arriva au bois si désiré. Rien ne l'arrête, elle s'achemine à grands pas dans un sentier uni et fréquenté. — Ah! cher Simon, s'écria-t-elle, bientôt je serai dans tes bras! Oh! admirable Providence, grace te soit rendue. Si tu m'as éprouvée par le malheur le plus affreux, tu m'as aussi suggéré le moyen d'échapper du péril où ma vertu peut-être allait succomber. Grace te soit rendue! grace te soit rendue!

Après s'être glissée dans le parc, elle voulut regarder pour découvrir les limites du bois, mais ses regards plongeaient, plongeaient encore, ne s'arrêtant que sur une mer de verdure dont elle ne voyait nulle fin. Croyant qu'en poursuivant le sentier elle serait trop long-temps pour arriver à l'extrémité, elle s'aventura à travers le taillis. D'abord peu d'obstacles embarrassaient sa course, bientôt ils allèrent se multipliant. Elle se trouva dans une montée rapide. Haletante, couverte de sueurs, elle fut forcée de suspendre sa marche un court instant. Puis l'amour lui donnant de nouvelles forces, elle se mit à gravir à grands pas le côteau. Le bois s'épaississait de plus en plus. Quelques branches flexibles qu'elle écartait avec ses tendres mains, blessaient parfois ses joues délicates; mais quand on aime que les peines sont légères. Dans peu, elle eut à souffrir et des ronces et des épines; cependant elle allait toujours poussée par l'amour. Les broussailles étaient si épaisses, qu'elle ne sut bientôt plus de quel côté porter ses pas. Les ronces s'enlaçaient autour de son beau corps, et le sang s'échappait goutte à goutte. Elle s'arrête, regarde et ne voit qu'un funeste dédale d'où elle ne peut sortir ; nulle apparence de terre. N'apercevant que l'azur des cieux, elle se mit à pleurer. — O Dieu, s'écria-t-elle, pourquoi m'as-tu flattée de vaines espérances? prends-tu plaisir à te jouer de moi? me laisseras-tu en péril? faudra-t-il succomber sous les coups d'un barbare ravisseur ! Le grand qui te blasphème sera-t-il heureux, lui? et Simon qui t'adore sera-t-il malheureux? Et moi, pauvre infortunée, serai-je toujours suivie par la persécution? — Et elle levait au ciel des yeux tendres et baignés de larmes. Aussitôt, comme encouragée par une force céleste, elle retourne un peu sur ses pas, suit le revers d'un côteau, et aperçoit un sentier qui s'enfuyait en serpentant. Sa joie fut grande. Elle le prend, elle le suit avec précipitation, elle arrive au sommet du côteau, elle redouble de vitesse, autant que peut le lui permettre son extrême lassitude. Enfin, après bien des fatigues, des craintes et des douleurs, elle se trouva dans une plaine. Plus de bois, un champ couvert de verdure, émaillé de fleurs, s'offre seul à sa vue. Son cœur déjà tressaillait de bonheur, tout favorisait ses espérances. Accablée de fatigues, elle tombe sur un gazon pour se reposer un moment. Comme elle jouissait ! Vierge malheureuse, elle avait été naguère arrachée des bras d'un époux, elle désespérait de le revoir, et elle allait bientôt se jeter sur son sein. Mille pensées plus ou moins agréables se combattaient dans son ame, elle se figurait échappée des serres du cruel seigneur. Elle ferait de longs détours, elle arriverait pendant la nuit. Simon, de son extrême tristesse, passerait à une grande joie. Espérances trop flatteuses, dans peu vous deviez vous évanouir ! Elle soulève ses membres fatigués, elle s'avance encore. Sa joie fut soudain interrompue par la vue d'un canal large et profond. Quelques arbres en couronnaient les bords, derrière les arbres s'élevait un mur inaccessible, ses regards inquiets se portent de tous côtés, partout mêmes obstacles. Elle pousse un cri de désespoir, reste un moment morne et pensive. — Ciel trop cruel, tu m'as trompée, dit-elle; me voilà séparée de mon cher Simon. Un sort cruel m'a arrachée de tes bras; adieu, je ne te verrai plus. — Et elle pleura long-temps amèrement. Elle considéra le canal. Trois fois elle voulut se dépouiller des chastes vêtements qui cachaient ses célestes appas, trois fois elle approcha du bord pour franchir le canal, trois fois elle recula épouvantée. — Pauvre insensée, que te servirait de braver le péril? pourquoi courir à une mort certaine? pourquoi avancer les jours de Simon? Retourne, retourne, infortunée, sur tes pas! — Elle recula. Toutes les angoisses, tous les déchirements qui l'avaient tourmentée naguère vinrent fondre de nouveau avec plus de force sur son ame. Long-temps elle demeura comme sans vie sous le poids de sa douleur. Elle était en proie au plus violent désespoir. Ainsi, lorsqu'un innocent, succombant sous le glaive de la justice humaine, voit se fermer pour jamais sur lui la porte du cachot à la vue de l'instrument fatal qui doit trancher sa vie, fort de son innocence, dans l'impossibilité de se faire entendre, il écume de rage, il hurle, il tombe, n'attendant que la mort; et la mort, sa dernière consolation, ne vient point fermer sa paupière : telle était la situation de la vierge.

CHAPITRE X.

Le retour. — Rencontre de Victor. — Conversation. — Entrevue avec le seigneur. — L'innocence aux prises avec la passion et la cruauté.

Désolée, elle revint au château. Avant d'arriver, elle rencontre Victor. Tous les deux ils s'enfoncent dans le bocage. — Que votre sort est à plaindre, il serait dur de vous l'apprendre s'il n'y avait un moyen de salut. Cependant, ayez bon courage, votre liberté n'est pas éloignée. J'ai vu Simon; sa douleur a été grande, mais elle s'est calmée quand il a appris que vous n'étiez point en proie aux supplices. Vivez pour lui, il a assez de courage pour ne pas succomber ; soyez ferme, bientôt vous serez heureux tous les deux. — Marie ne répondit que par des larmes, et ces larmes lui firent du bien. Victor poursuivit : — Le seigneur est épris d'amour pour vous, il brûle depuis que vous êtes ici, il est triste, abattu; quelquefois on le voit porter çà et là ses pas incertains, puis il s'arrête tout-à-coup. Il ne cherche plus que la solitude; le moindre bruit excite sa colère. Ceux qui l'approchaient avec le plus de confiance n'osent plus l'aborder. La menace est toujours dans sa bouche. Il regarde tout le monde avec fureur, ses regards sont terribles. La châtelaine, qui autrefois avait tant d'empire sur lui, aujourd'hui ne peut rien. A chaque instant elle se plaint des rigueurs de son époux. Tout en pleurs elle sortit de sa chambre, depuis elle est inconsolable. Voilà le sujet de sa douleur. Soit par jalousie, soit par amour de vos intérêts, elle fut trouver le seigneur : — Votre intérêt m'amène, a-t-elle dit, aujourd'hui devant vous ; garder le silence serait un crime. A quoi vous exposez-vous, seigneur, en faisant peser sur les campagnes votre autorité ? Êtes-vous le seul qui ignoriez l'orage qui se prépare. Prévenez-le, seigneur. Si vous attendez plus long-temps, je crains bien qu'il ne soit trop tard d'employer les mesures pour le dissiper. Une vierge a été enlevée, tout le village en a été indigné, tous se préparent à marcher contre vous. Il vous reste un moyen facile de tout calmer : c'est de rendre Marie à Simon ; alors on vantera votre modération, et l'on portera votre nom jusqu'aux cieux. — Quelque modérées que fussent les paroles de la châtelaine, elle n'eut pas le temps d'en dire davantage. Le seigneur irrité la chargea d'injures et prononça contre elle les plus terribles menaces. — Toi aussi, repartit-il, tu grossiras le nombre de mes ennemis, tu te chargeras de leur apologie, et, par un faux point d'honneur, nous céderons à des vilains ! Nous, qui sommes faits pour dominer, nous courberons la tête sous le joug ! Je ne sais que trop les motifs qui te meuvent ; ce n'est point le désir de ma gloire, encore moins celui de mon bonheur. La jalousie, voilà ton seul mobile, tu crains jusqu'à l'ombre d'une rivale. La jeune villageoise te cause plus de terreur que les dangers chimériques dont tu me menaces. L'orage gronde sur ma tête, eh bien, j'irai l'affronter. Hommes, vieillards, femmes, enfants, tous seront égorgés au moindre bruit, et les chaumières enflammées leur serviront de bûchers. Depuis long-temps mes cachots n'ont pas été remplis, mes ennemis y seront précipités, mon œil sera content de les voir expirer au milieu des supplices ; le peuple est pour servir, nous pour commander, toi pour obéir ; malheur si tu parais encore en ma présence sans y être appelée. — Telles sont les paroles que j'ai entendues. Tout le château est dans le trouble et la consternation. La châtelaine est menacée d'une éclatante disgrace. Tous pensent que les regards du seigneur, notre tyran, vont se fixer sur vous. — Marie soudain fut suffoquée, un tremblement horrible s'empara de tous ses membres. Les ombres de la mort semblaient se rassembler sur son visage. — Mon Dieu, dit-elle, que deviendrai-je sans appui ! — Rassurez-vous, lui dit Victor, vous aurez du secours. Je ne vous demande que le secret, promettez-le moi, vous serez vengée et le village délivré. La châtelaine est en proie à tous les tourments de la jalousie et de la crainte, elle vous redoute, elle vous éloignera ou elle se défera du seigneur. Il l'a menacée ; s'il n'est prévenu, ses menaces finiront par la mort. Il me reste encore quelque chose à vous dire, promettez-moi un inviolable secret. — La jeune vierge, essuyant ses larmes, le lui promit d'une voix entrecoupée, et Victor poursuivit ainsi : — Tous sont ennuyés des tyrannies du seigneur, on songe partout à se soulever, l'occasion est favorable, je vous délivre en lui perçant le cœur. —Marie, à ces mots, tremble et le conjure de n'en point agir ainsi. — Non, dit-elle, ne rendez point injustice pour injustice, respectez la vie de mon persécuteur ; ma religion me le dit, respectez la vie de mon persécuteur. Laissez, laissez, Victor, les intérêts d'une malheureuse orpheline, n'exposez point vos jours pour moi. A Dieu ne plaise que vous braviez la mort pour me sauver l'honneur ou la vie. Mon honneur, je le conserverai jusqu'au dernier soupir ; la mort, je la subirais avec joie si je ne laissais Simon après moi. Lui mourra aussi. Qu'importe la mort ! Elle n'est point à redouter, elle consommera l'alliance qui n'a pu se terminer ici-bas, et nos cœurs seront unis dans un monde plus heureux. Laissez, laissez, Victor, une malheureuse faite pour souffrir.

Il suffit bien que je meure, s'il faut mourir, sans qu'un innocent partage mon sort; car pourriez-vous échapper à la surveillance des gardes du seigneur; laissez-moi mourir seule.

— Non, répartit Victor, vous ne mourrez point, le ciel n'est pas assez cruel pour se jouer de l'innocence. S'il dédaigne votre défense, ce bras saura vous délivrer en arrachant la vie à votre ennemi. Le ciel pourrait-il condamner une action qui délivre l'innocence d'un oppresseur et la société d'un farouche tyran ! L'innocence doit-elle souffrir toujours et le crime toujours régner ? Non, non, vous vous trompez; ce n'est point une loi de la nature que les bons cèdent aux méchants, et qu'ils se laissent égorger sans résistance. Que les grands nous commandent, à la bonne heure; mais veulent-ils exercer sur leurs semblables un pouvoir tyrannique, les charger de fers et les massacrer impitoyablement, alors leur pouvoir n'est plus légitime, l'auteur de l'ordre ne peut l'approuver, le bras doit s'armer pour abattre ce monstre. Obéir aux grands ! Pourquoi ? parce qu'ils sont élevés au-dessus de leurs semblables. Le particulier est-il fait pour régner sur la multitude, quand le bien de tous s'y oppose ! La multitude n'a-t-elle pas droit de demander au particulier compte de sa conduite, et de le rejeter de son sein s'il n'est qu'un tyran ? L'homme vertueux sera tyrannisé par un scélérat, il ne pourra se défendre ! Ce scélérat lui demandera la vie, lui découvrira sa poitrine, et prosterné humblement, il attendra la mort ! Quelle étrange morale appuyée sur de tels principes où marchera la société ! Que tous raisonnent comme vous, qu'il s'élève un tyran, leur sang coulera à grands flots, les vierges seront déshonorées, les villes et les villages renversés ou déserts. Tout tombera sous le bras d'un seul. Est-ce là ce que demande la Providence? Oui, j'y consens, obéissons aux grands tant que leur pouvoir est circonscrit dans les limites de la justice; mais s'en écartent-ils, qu'ils rendent compte de leurs forfaits au prix de tout leur sang. —Marie répondit : — Mes raisons sont impuissantes, jamais ma reconnaissance ne pourra égaler votre dévouement. Je consentirai à tout, puisque vous le voulez. Je ne demande qu'une grace. Peut-être le seigneur me rendra enfin à la liberté ; s'il me déshonore ou m'arrache la vie, vous serez libre d'agir pour ma cause. Je n'ai reçu encore aucun mauvais traitement, pourquoi conjurer contre lui ? — Jeune vierge, dit Victor, si je me porte à cette extrémité, c'est moins pour venger votre propre cause que celle de l'humanité entière ; mais, puisque vous le voulez, je cède, je n'entreprendrai rien sur les jours du seigneur. Vos intérêts me sont chers. Au moins je veux vous donner un conseil, ne vous en écartez point tant que l'honneur n'aura point à rougir. Tout ce que dira le seigneur, il faudra l'exécuter aussitôt. Cachez à ses yeux votre désespoir, ne le faites éclater qu'en présence de la châtelaine. Elle est montée contre lui, fomentez cette colère, afin que du ressentiment des méchants il en résulte le bien des bons. Quand vous aurez paru devant ce barbare, allez la trouver en secret, donnez un libre cours à votre douleur, qu'elle s'intéresse à votre sort. — Marie promit tout. Arrivée au château, elle alla trouver le seigneur, selon l'ordre qu'elle en avait reçu. Il se montra plus farouche qu'à l'ordinaire. — D'où viens-tu, lui dit-il, avec le regard du tigre? — Marie répondit ingénument à sa question. — Eh bien! lui dit-il, après l'avoir entendue, porterai-je toujours tes chaînes, ne me céderas-tu jamais ? J'ai voulu ton bonheur, tu l'as dédaigné, je n'ai plus qu'un mot à dire, songe à la réponse que tu vas faire ; si je n'obtiens ce que je désire, je te déclare une haine et une haine à outrance. Ma puissance est grande, tout obéit à mes ordres; dans un instant Simon peut paraître couvert de chaînes, tu peux le voir mourir au milieu des plus cruels supplices. A toi seule sera imputée sa mort. —

Jamais coup de foudre ne produisit un plus violent effet. A ces mots terribles, la vierge sentit ses genoux s'entrechoquer violemment. Elle frissonna et ne put ouvrir la bouche. — Pourquoi trembles-tu, dit le seigneur, quand ton sort est entre tes mains ? Je ne puis me contenter de ces larmes, un mot et Simon sera percé à tes yeux. — Ah ! seigneur, sur Simon pourquoi faire tomber votre vengeance ? qu'a-t-il fait pour s'attirer votre courroux ? sur moi seule faites éclater votre colère ; c'est moi qui vous ai outragé, c'est moi qui dois en porter la peine ! — Tes paroles ne m'émeuvent point, dit le seigneur ; il me faut, oui, il me faut !...—Et soudain ses membres tremblaient, et son visage était livide, et ses yeux lançaient une sombre lumière. On eût dit que dans son cœur l'amour combattait avec les furies. — Seigneur !... Simon !... Mourir! Non, non tu ne mourras point, je n'y puis consentir : il faut donc tout sacrifier.... Simon, si je viole la foi que je t'ai jurée, ce n'est que pour te sauver la vie. Mais quoi ! je traînerais une vie pleine d'opprobre ! Non, non, je ne te serai pas infidèle. Ne serait-ce pas te donner mille morts que de mépriser nos serments ? — Et sa poitrine se gonflait, des larmes roulaient dans ses yeux, elle flottait comme dans un délire. Le seigneur lui-même, au comble de la passion, ne pouvait se contenir ; tantôt ses bras tremblants se soulevaient pour saisir la vierge, et tantôt ils tombaient comme si une force invisible les eût arrêtés. Comme un homme hors d'haleine après une longue lutte, il tomba sans force, et tous ses traits étaient décomposés. — Sors, s'écria-t-il à la vierge, sors de ma présence ; bientôt tu sauras ce que je ferai de toi et de Simon. — Et elle sortit à demi-morte de crainte. Un instant elle demeura pensive. — Que dois-je faire, faut-il renoncer à mon honneur? Retire-toi de moi, cruelle pudeur, qui veux la mort de Simon. Plus mon sacrifice sera grand, plus il saura qu'est grand l'amour que j'ai pour lui. —Et elle était sur le point de succomber: En ce moment, une voix forte se fit entendre au fond de son cœur. L'honneur lui parut le plus grand des biens, l'opprobre pire que la mort. — Si tu dois mourir, cher Simon, tu mourras, du moins tu sauras en mourant que je te suis fidèle. Si tu meurs, je te suis au tombeau, peut-être la mort sera un lien qui nous unira à jamais. — De ce pas, forte du courage de la vertu, elle vole à la châtelaine. — Dame châtelaine, dit-elle, en mouillant ses pieds de larmes, ayez grande pitié de moi, Simon va mourir de malmort ou je vis déshonorée. —La châtelaine fut profondément émue, elle aurait voulu sauver Marie et Simon. Que faire? Le souvenir de sa disgrace lui était encore présent; elle aussi était menacée de la mort : si le seigneur apprenait sa déclaration en faveur des deux époux, elle était perdue. Rien de mieux pour elle que de dissimuler, en attendant que l'occasion se présentât de se venger du seigneur. Elle plaignit le sort de la vierge, l'encouragea sans lui donner d'espérance. Marie se sépara de la châtelaine, pleine de désespoir. Qui pourrait, avec vérité, rendre sa douleur.

CHAPITRE XI.

Pensée du seigneur. — Sa fourberie. — Simplicité de la vierge. — Un voyage.

Le seigneur resta seul un instant, roulant dans sa tête les plus horribles projets. Se venger en égorgeant Simon aux yeux de Marie, la massacrer après l'avoir oppressée par la violence, étaient des pensées sur lesquelles son esprit aimait à se reposer. La raison, étouffée par la passion, se taisait; un feu brûlant dévorait son cœur. Rien ne lui paraissait plus beau que ces idées de cruauté: Simon serait égorgé aux yeux de sa bien-aimée, quel supplice pour elle; son honneur auquel elle tenait tant, il le lui arracherait, et elle n'aurait pas même la consolation de l'emporter dans la tombe. Une arrière pensée vint cependant le troubler tout-à-coup : c'était la pensée de son bonheur à lui; non de ce bonheur qui consiste à mettre le plaisir à l'abri des remords, car depuis long-temps, son ame, accoutumée à voir couler le sang, était aussi tranquille au milieu de ses crimes, que celle du juste après une bonne action; mais de ce bonheur brutal que goûte le tigre, lorsque, au retour du carnage, la gueule sanglante, il s'abreuve en paix au fond de sa tanière d'infâmes amours. Massacrer Simon et la vierge ne remplissait point sa passion toute entière. Elle seule le tourmentait. Alors il résolut une seconde fois d'employer la fourberie, et, de gré ou de force, d'éloigner la vierge du lieu de sa naissance. Lorsqu'elle serait seule dans un pays éloigné, comment pourrait-elle résister? Peut-être son deuil se dissiperait, peut-être elle oublierait Simon. Elle pouvait rester insensible à la fortune, aux sollicitations, en présence des lieux; en serait-elle séparée, ses idées changeraient aussitôt. L'ame sans peine peut être incorruptible lorsque rien ne parle aux sens, mais quand tout se peint à l'imagination sous les images les plus entraînantes, il est difficile de ne pas succomber. Cette pensée lui plut, il ne songea qu'à l'exécuter. Un voyage fut résolu, le départ le fut aussi. Écuyers et valets, vite, que tout se prépare, et tout fut préparé. Marie fut avertie que le seigneur la demandait. A cette nouvelle, elle trembla comme si la mort s'était présentée à ses yeux. Elle ne savait si elle devait obéir. Réfléchissant que son refus serait inutile, elle obéit épouvantée. Elle parut devant le seigneur, les yeux baissés, le visage altéré, s'attendant à un pénible combat. Il n'en fut point ainsi. — J'ai résolu un voyage, dit le seigneur, il sera de peu de jours, à ton retour tu auras la liberté. Tu peux te rassurer, ta vertu me touche, la raison a parlé, je me soumets à sa voix. Une action généreuse ne doit point rester sans récompense ; tu as préféré l'honneur aux richesses, je veux t'en récompenser, et un jour si l'on parle de tes persécutions, l'on dira que, revenu de ses erreurs, Montmorillon combla Marie de bienfaits. — La vierge, simple, sans expérience, fut étonnée et ne découvrit point le piége tendu par la fourberie. Elle résista, elle ne pouvait se décider à quitter son village, elle préférait revoir Simon. Partie par crainte, partie par ignorance, elle céda. Elle changea avec peine ses vêtements de bergère pour des vêtements plus précieux où brillaient l'or et le diamant. La châtelaine ne fut point de ce voyaye. Le seigneur voulait tenter les derniers efforts pour gagner Marie, sa présence eût été à charge. Il lui annonça son départ, parut lui rendre ses amitiés, la laissa souveraine de tout en son absence. Elle éprouva un sanglant déplaisir; une secrète jalousie lui disait : Marie est aimée, elle cédera à son amour, elle régnera sur son cœur, et je serai méprisée. Il fallut dissimuler. Un pompeux équipage est préparé. Marie parut bientôt, tous les yeux furent surpris de sa beauté. La couleur pourprée de la rose se mêlait sur son visage à la blancheur éclatante du lis. La mélancolie, qui répandait sur son front un certain nuage, lui donnait je ne sais quel air mystérieux qui imprimait le respect dans tous les cœurs. Telles que l'antiquité nous peint les déesses dans l'assemblée des dieux, ainsi et plus belle encore parut la fille du hameau. Non, jamais Cypris, à la forme aérienne, à la ceinture mystérieuse, où étaient représentées les graces et les amours, enlevée du sein des ondes où elle avait pris naissance, au sommet du brillant Olympe, ne fut plus digne d'exciter les soupirs des immortels que la vierge timide, ornée de toutes les beautés de la nature. A sa vue, le seigneur sentit brusquement palpiter son cœur, ses membres peu à peu furent doucement agités, le feu circula dans ses veines, tout son corps fut embrasé, ses regards étincelèrent, il se mit à trembler, et, hors de lui-même, pressant convulsivement la vierge, il se disait : — La fille du hameau mérite d'être l'épouse d'un seigneur. — L'embarras où l'avait jeté la passion fut remarqué de la châtelaine, le dépit se glissa dans son ame, et, furieuse comme une bacchante, elle résolut la mort de son époux. La sienne n'était pas éloignée, la vierge avait pris place. Les coursiers, impatients, du pied frappaient la terre, agitaient fièrement leurs freins sonores, et de leurs larges nasaux s'échappait l'écume. Aiguillonnés par la voix connue du conducteur, il partent comme un trait. Dans la rapidité de leur course, les rayons des roues disparaissent, et à peine reste-il quelque trace sur la poussière qui monte en tourbillonnant. Plus Marie s'éloignait de son village, plus elle sentait croître sa douleur. La variété du tableau qui se déroulait sous ses yeux, loin de la distraire, ne faisait que la plonger dans de plus noires pensées. On avançait, elle devenait de plus en plus sombre, mélancolique. Le seigneur le connut facilement, aussi s'efforçait-il de la sortir de sa tristesse par une peinture animée des lieux qu'ils allaient traverser, de la ville qu'ils allaient visiter. Marie ne suivait pas la conversation, elle était rêveuse et poussait de temps en temps de profonds soupirs. Simon était son unique pensée, il remplissait tout son cœur. Durant tout le voyage, quelques grosses larmes roulaient dans ses yeux, à peine les levait-elle pour les promener vaguement sur les campagnes. On était près du terme du voyage. Quel ne fut pas l'étonnement de la vierge; à mesure qu'on approchait, un bruit sourd, semblable au roulement du tonnerre, répété par les échos des vallons, se faisait entendre de plus en plus fort. Qu'on se figure une fille du hameau, qui ne quitta jamais son village, transportée tout-à-coup dans le tumulte d'une ville immense, populeuse, et l'on aura une juste idée de sa position. Elle n'avait entendu que le bruit d'un orage, que le chant des bergères, le murmure d'un ruisseau, le bruissement des arbres agités par les vents, et elle pensait que tout était semblable à son hameau. Rappelant le souvenir de sa chaumière et de son vallon, elle s'abandonnait à de tristes pensées. Le soleil cinq fois avait éclairé un autre monde depuis que Montmorillon était parti. A l'heure où l'homme abandonne avec joie les travaux du jour, le seigneur arrive à la ville célèbre par le dévouement de Eudes et de Gosselin. Ils jugent bien mal ceux qui, par le présent, cherchent à se faire une idée du passé. Au lieu de ces édifices réguliers, de ces rues bien compassées que l'on aperçoit dans nos cités modernes, l'on ne voyait que des issues se coupant, se confondant comme un labyrinthe. Au milieu, l'on voyait une boue épaisse, où se vautraient des animaux immondes. Les maisons, en général, étaient basses, mal construites, sans jour. Le manque de circulation d'air produisait sans cesse des maladies épidémiques, connues sous le nom de *mal de Saint-Antoine, mal des ardents*, etc. Après avoir dit un mot sur la ville du moyen-âge pour l'instruction du lecteur, je reviens à mon sujet. Ici, les souvenirs se pressent, je suis obligé, malgré moi, de laisser bien des événements qui eurent une grande influence sur notre patrie. Deux issues différentes donnaient entrée dans la ville : l'une appelée le Grand-Pont, et l'autre le Châtelet. Chacune était défendue par une tour bien garnie. Des ruines encore amoncelées indiquaient les assauts soutenus dans un autre siècle. L'un de ces ponts, du côté du palais, fut vivement attaqué par les hommes de fer sortis des antres glacés du Nord, et défendu de même par Eudes Robert, Eben Gosselin, et les plus vaillants seigneurs de Neustrie. Les engins, les béliers, les tours mobiles, montées sur seize roues, armées de crampons de fer, de ponts volants, tout fut employé par les assaillants. De leur côté, les assiégés usèrent de toutes les ressources que donnent le courage et le désespoir. L'huile bouillante, la poix fondue, la chaux vive furent jetées par torrents du haut des remparts. Vous ne devez point rester dans l'oubli vous, douze intrépides chevaliers, dont l'audace arrêta une armée s'élançant dans le flanc de la brèche; tu vivras surtout dans la postérité, Nisus français, Ervé, au courage de lion, à la beauté touchante. Trompé par ton courage, tu fus transporté au milieu des Normands. En vain, touchés de ta valeur et de ta beauté, ils t'offrirent ta liberté sans rançon. Préférant la gloire à une liberté offerte par un ennemi l'épée à la main, tu répondis en te précipitant sur leurs épais bataillons, la gloire te couronna et tu tombas baigné dans le sang de tes ennemis. L'on est entré dans l'enceinte, et roulements de voitures, hennissements de chevaux, claquements de fouets, cris de laquais et de cochers naissaient et expiraient tour-à-tour dans les airs. Elle s'imaginait que partout, comme dans le village, il s'élevait d'humbles chaumières ou tout au plus quelques châteaux clairement semés. Quel fut son étonnement lorsqu'elle vit des maisons hautes comme des montagnes se perdre dans les cieux. Que les hommes qui passent, rapides comme un nuage chassé par l'aquilon, occupassent le peu de jours de leur vie à s'élever de si vastes abris, voilà ce qu'elle ne pouvait comprendre. Une petite chaumière avec son petit bois, lui paraissait bien plus agréable à la vue que ces cadavres nus, décharnés. Ce ne fut pas tout, bientôt un nouveau sujet de surprise s'offrit à ses regards. C'était un luxe et une mollesse révoltants. Les hommes, par leur parure, ressemblaient plus à des femmes qu'à des hommes; les uns avaient une chevelure longue et ondoyante, qui tombait sur leurs épaules et se relevait en boucles contournées de mille manières. D'autres avaient un teint blême et pâle, et chez eux la mort semblait aux prises avec la vie. — Dans une ville, l'air que l'on respire est donc empesté? il donne donc la mort aux habitants? d'où vient que ces hommes sont sans vigueur? — C'est ainsi que parlait la vierge. Elle ignorait qu'une ville est un foyer de corruption, qui se propage et dévore tout de ses feux impurs. Les femmes étaient semblables aux nymphes de la fable : une robe large et flottante était mollement agitée, une gaze légère ne voilait qu'à demi un sein d'albâtre dont la beauté n'en ressortait qu'avec plus d'éclat. Une tête parsemée de fleurs se penchait languissamment et se balançait avec grace. Le souris était sur leurs lèvres, leurs yeux cherchaient des admirateurs, leur visage composé laissait scintiller les feux d'une molle volupté. Tout en elles inspirait l'amour, tout disait à l'homme: respecte-nous, nous sommes nées pour régner sur ton cœur. L'extrême mollesse où étaient tous les habitants choqua la jeune vierge, elle en conçut du mépris. Ce n'était point la touchante simplicité des campagnes, ici l'on ne cherche point à plaire par des moyens artificiels. La nature seule parle, et l'amour réunit deux cœurs qui se plurent dès l'enfance. Doux pays, bocage délicieux où les bergers mènent paître leurs troupeaux, que vous êtes bien plus dignes d'envie que le séjour empesté des villes. Heureux celui qui, ignoré de tous, coule dans la douce médiocrité une vie pleine d'innocence. Là, à l'abri des revers, soutenu par une épouse fidèle, l'homme qui sait se contenter de son sort, n'a à redouter que la mort.

Mais où m'entraînent mes pensées, revenons à Marie.

Le seigneur, pour l'égayer, s'étendait sur les mœurs, les plaisirs des villes et l'élégance des habitants, et s'appesantissait sur la rudesse des campagnes. Les édifices élancés qui semblaient supporter les cieux n'échappèrent point à son imagination, il rendait tout avec feu. La délicatesse des citadins, leurs manières polies n'échappèrent point non plus à ses observations. A tout la vierge répondait froidement. Sa pensée se portait de suite sur son village, le séjour des villes était bien insipide en comparaison. Là, les habitants froids à peine daignaient échanger quelques paroles. Semblables aux belles statues qui décorent les entrées des musées, de loin ils paraissent animés, de près ils ne sont rien. Ici, c'est-à-dire, au village, tous se regardent comme frères ; soit qu'on se rende aux travaux, soit qu'on en revienne, la gaieté inspire toujours des paroles. Là, on ne respirait qu'un air pesant qui engourdissait tous les membres et gênait la respiration ; ici, un air pur et frais qui récréait agréablement les sens. Continuellement, dans la belle saison, l'on jouit de la vue enchantée des différents sites revêtus de verdure, de mousse ou de fleurs, ou encore embellie par une source limpide qui jaillit d'une roche rembrunie par le temps; là, toujours un spectacle monotone, la nature n'y développe point sa fécondité, et ses productions sont reléguées dans des édifices superbes en apparence, mais qui soulèvent bien de noires pensées à celui qui ne se borne point au présent; car ils ont coûté bien des sueurs aux malheureux. Cependant le seigneur fut content de la vierge, elle lui disait, sur chaque chose, franchement ce qu'elle pensait; ce qu'elle n'avait pas fait depuis son enlèvement. Il crut donc que bientôt elle ne penserait ni au village ni à Simon. Gâté par la corruption, il croyait qu'il en était des gens de la campagne, développés d'après la nature, comme de ceux qui, élevés dans les richesses et dans la feinte, s'accoutument dès l'enfance à voltiger de plaisirs en plaisirs, de fourberies en fourberies, sans s'arrêter nulle part. Erreur: Marie était pure, son cœur ne pouvait brûler que pour celui auquel elle avait juré fidélité ; lui seul occupait toutes ses pensées. Tout en parlant ainsi, on arriva à un somptueux édifice appartenant au seigneur. L'architecture était élégante. Aux chapiteaux se mêlaient le gland, les pampres à la feuille bien ciselée, et l'acanthe. Tout était sculpté avec habileté, son contour formait un exagone régulier, la distribution était parfaite, les tapisseries et les parquets dénotaient une main habile. Le premier jour fut donné au repos.

CHAPITRE XII.

Une visite de la vierge. — Les jeunes seigneurs. — Théâtre. — Muséum. — Attaque du seigneur. — Départ précipité.

La première et dernière visite du seigneur, car il n'eut pas le temps d'en donner davantage, fut chez monseigneur d'Allebranche, parent de son épouse. Marie d'abord fit triste contenance. Elle ne brilla pas par ses manières, et elle eût été l'amusement secret de la compagnie, si sa beauté n'avait racheté ce qui lui manquait du côté de l'usage. Tous les regards se fixèrent sur elle, et l'on admirait avec une espèce d'extase la délicatesse de ses traits. La vierge s'en aperçut, elle se mit à rougir. On chercha à dissiper sa timidité. On lui fit plusieurs questions où elle fit remarquer la justesse de son esprit. Dire ce qui se passa, serait détail superflu; il suffit de rapporter que bon nombre de jeunes seigneurs furent enflammés d'amour. Il se faisait nuit; le seigneur, fidèle à son plan d'attaque, témoigna à la vierge les plus grandes bontés. Il était plein de prévenance, en tout il ne cherchait qu'à lui plaire. Elle cependant, retirée seule, s'abandonna à de tristes pensées. Elle regrettait son village.

Elle se repentait de n'avoir pas résisté quand ce voyage lui fut proposé. Loin de son pays, loin de Simon, que ferait-elle? Simon, que deviendrait-il? N'aura-t-il pas succombé à la nouvelle de son départ ? Le seigneur la laisserait-il en repos, comment résisterait-elle à ses attaques ? Au moins, lorsqu'elle était captive au château, quelqu'un s'intéressait à elle : la châtelaine; Victor la consolait. Ici, elle était seule, sans consolation. Ces pensées qui, au moment de son départ, ne s'étaient point présentées à elle, l'agitaient alors horriblement. Le trouble où elle était ne lui permettait pas de s'abandonner au repos. Une nuit sans sommeil est quelque chose de bien douloureux, surtout lorsque l'ame est agitée par les soucis et qu'elle est toute remplie de la pensée de ce que l'on aime ! Simon, ses maux passés, ceux qu'elle aurait à endurer, tels furent ses tourments. Le matin, elle était abattue, elle avait dans le regard je ne sais quoi d'effaré, comme une personne qui sortirait d'une violente attaque. Le seigneur reconnut que le trouble agitait son cœur. Pour la distraire, il résolut de visiter les monuments curieux, et, le soir, de la conduire au théâtre.

On se rendit d'abord dans un muséum garni de statues et de tableaux, ouvrages des plus grands maîtres des siècles passés. Ici, des figures grimaçantes et grotesques vomissaient l'eau écumante; là, étaient représentés les hommes qui avaient brillé par leurs vertus au milieu des siècles barbares, comme un phare dans les ténèbres, et tout à côté les sujets révoltants qu'enfanta l'imagination délirante du peuple à son adolescence. Parmi les statues, on distinguait différents groupes, tous plus ou moins indécents. C'étaient les plus fameux athlètes qui se distinguèrent autrefois dans les champs olympiques, où encore les deux sexes mêlés, les bras entrelacés, sein contre sein, pied contre pied, se disputaient la palme de la victoire. Plus loin, un tableau, chef-d'œuvre de l'art, présentait, de grandeur naturelle, Diane se plongeant avec ses nymphes dans un bain, sans autre voile que le cristal diaphane du liquide. La déesse, couchée languissamment, semblait invoquer les amours. Les nymphes n'étaient pas moins langoureuses. La vierge surprise attacha un moment ses regards sur ce tableau ; tout-à-coup revenant à elle, elle les retira en rougissant, maudissant des habitants corrompus qui osaient présenter au public un tel spectacle.

Le soir, malgré son dégoût, il fallut assister aux théâtres. On représentait ce jour-là un trait de chevalerie. Il s'agissait de Roland ; tout fumant de carnage, il rencontre une vierge entre les mains de moult brigands. Lui seul fait mordre la poussière à tous, et, pour prix de son action, il exige de la délivrée qu'elle devienne sa mie. L'ancïen chevalier était preux religieux et galant tout à la fois, il ne séparait point le laurier de la guerre du myrthe de l'amour; en invoquant la vierge, sa dame, il chargeait l'ennemi. Tout-à-coup, oh prodige ! on vit un désert hérissé de rochers escarpés se couvrir de verdure et de fleurs, et des ruisseaux à l'onde argentine jaillir de ces rochers couronnés d'arbres verdoyants ; puis, le paysage changer de nouveau et présenter à la vue tout ce que la nature a de plus séduisant. Près d'un ruisseau qu'ombrageait un rideau d'arbres en fleurs répandant les plus suaves parfums, au pied d'une colline délicieuse, l'on voyait Roland s'ébattre joyeusement avec sa mie, et se répondant par bons mots qui excitaient la joie dans toute l'assemblée. Roland se levait ensuite, montait sur son fougueux coursier, tenant à son cou son cor d'ivoire, et une musique guerrière retentissait; les sons s'adoucissaient insensiblement, ils devenaient languissants, et la langueur se peignait sur tous les visages. Rappeler les détails, et, par des tableaux passionnés, exciter les fibres du sentiment, voilà qui n'est pas de mon sujet. On me permettra de me taire; je dirai seulement : la représentation fut longue, on s'étonnait d'être à la fin.

Marie, quoiqu'elle ne brûlât que pour Simon, fut vivement émue. Les flétrissures du chagrin avaient disparu, les roses du plaisir les avaient remplacées ; aussi parut-elle en ce jour plus belle que jamais, et le seigneur, transporté, hors de lui, résolut de réitérer ses attaques. Le soir, quand la nuit eut commencé à répandre sur la terre l'ombre du mystère, que Marie était retirée seule, il se présenta à elle tout enflammé, et Marie fut glacée d'épouvante. — Marie, s'écria le barbare, vous m'avez plu. Vainement j'ai voulu résister à un penchant irrésistible. Il faut que vous cédiez aujourd'hui. Rien ne vous servirait de me résister, j'emploierais plutôt la violence. — Et il était dans un brûlant délire, et sa bouche prononçait des paroles de flamme ; tout son corps tremblait. La vierge au désespoir, pour se défendre, n'avait que des larmes ; les larmes étaient bien impuissantes contre les attaques du tigre. Il l'étreint dans ses bras, sa bouche cherche sa bouche, des transports violents agitent ses nerfs. Sa tête tombe sur le sein de la vierge, elle cherche en vain à se débattre, il l'enlace comme un serpent ; c'en est fait, il ne lui reste plus de force ; épuisée, pourra-t-elle triompher ?... La Providence qui, du haut des cieux, gouverne comme il lui plaît ce monde physique et moral, n'abandonnera point la vierge au milieu du péril. Arrive un messager, chargé de nouvelles pressantes ; il entre brusquement, et le seigneur décomposé abandonna sa proie, comme le vautour à la vue du chasseur cesse de poursuivre le petit oiseau qui allait tomber sous ses serres. Le sceau est rompu, le seigneur reconnut la main de Victor. La châtelaine, saisie d'une violente attaque, avait cessé de vivre ; on parlait de révolte ; il avait été obligé, pour repousser la violence, d'employer la force armée. Pour rétablir l'ordre il fallait sa présence. Cette dépêche produisit une révolution dans l'ame du tyran, et une crainte puérile remplaça la passion. Ce qui causait sa peine était moins la mort de la châtelaine que la perte de ses biens. L'on partit avec la même rapidité que l'on était arrivé. Marie, le long du voyage, avait été adorée; enflammé de courroux, le seigneur à présent l'accable d'humiliations. Son indignation était à son comble; ni l'or, ni les menaces, ni la ruse n'avaient pu le faire triompher de sa vertu, lui qui, au moindre clin d'œil, était accoutumé à voir tout le monde s'empresser à exécuter ses ordres. Cette pensée remplissait son ame et alimentait sa colère. Il ne pensait qu'à l'affront qu'il avait reçu, il se préparait à s'en venger terriblement à son retour. Jamais on ne lui avait vu un regard aussi furieux, la menace était toujours sur ses lèvres.

Marie, de son côté, était cruellement tourmentée. Elle avait été menacée des plus horribles supplices, et la crainte, toujours habile à se forger des tourments fictifs, lui en causait de réels. Son cœur était en proie aux déchirements. Jamais la mort ne s'était peinte à son imagination sous des formes plus hideuses. Ce qui augmentait encore ses tortures, était la douteuse situation de Simon et la pensée de ce qui arriverait. Il est dur pour une jeune fille d'être arrachée du lit nuptial. Il est dur de mourir, mais mourir et entraîner au tombeau l'objet aimé, c'est mille fois plus dur encore. — Ah ! barbare destinée, se disait-elle en elle-même dans l'excès de sa douleur, pourquoi suis-je née ? A peine sortie du sein d'une mère, victime de l'envie, je fus en proie aux persécutions ; dès mon enfance je fus malheureuse, et quand je trouve le bonheur c'est pour le perdre aussitôt ! Encore si je te laissais heureux, cher Simon, si ma mort n'entraînait pas la tienne, je mourrais en repos ; un même coup va nous frapper tous deux.

Pendant que la vierge et le seigneur s'occupaient de pensées si différentes, l'équipage rapide approchait du village. Déjà l'on découvrait les bois qui couronnaient les côteaux. Les vallons déployaient leurs sinuosités, et étalaient des mers mobiles qui se balançaient gracieusement. — Salut, dit Marie, salut bois où je goûtais de si touchants plaisirs; salut, douce vallée où je menais paître mon troupeau, salut chêne à l'épais feuillage où se reposa si souvent Simon, et toi douce fontaine qui nous désaltérais de ton eau, salut pour la dernière fois. Oh ! Simon, puisses-tu vivre heureux sans moi, puisses-tu survivre à ma mort.

Déjà l'on touchait au château, les portes s'ouvrent, l'équipage entre au milieu des gens du seigneur qui lui présentèrent l'honneur que les serviteurs ont coutume de rendre à leur maître après une longue absence. Ils furent reçus froidement. Sans répondre aux acclamations, il prit Victor à part et lui demanda des renseignements sur la mort de la châtelaine et sur le soulèvement. — Seigneur, répondit Victor, quand vous fûtes parti, elle resta seule dans sa chambre, quelquefois on la voyait errer irrésolue. Elle se laissait tomber au pied d'un arbre, et versait beaucoup de larmes. Son chagrin croissait d'instant en instant, personne ne put en dévoiler la cause. Elle passa une nuit des plus agitées. Elle tomba dans un tel désespoir, qu'elle fut bientôt sans connaissance. Elle parlait de mourir, on la veilla. Toujours on fut à ses côtés pour l'empêcher d'attenter à sa vie et lui prodiguer des soins. Les soins ont été superflus. Attaquée d'une crise violente, elle expira au milieu des plus déchirantes douleurs. — Je laisse au ciel ma vengeance, — dit-elle; ce furent ses derniers mots. A peine eut-elle rendu le dernier soupir, que quelques personnes du village vinrent pour attaquer le château. Je fis paraître vos gens en armes, on s'est enfui. Le calme ne durera pas longtemps, tous poussent des cris de fureur en demandant Marie. Rendez-la, seigneur, une multitude furieuse est toujours à craindre. Il y va de votre gloire, de vos jours. N'est-ce pas oublier votre gloire que de descendre de votre haut rang pour soupirer indignement aux pieds d'une humble bergère.

— Victor, dit le seigneur, je goûte les motifs qui te font agir, je les loue; mais mon cœur parle plus haut que la gloire. Il brûle pour cette bergère, il faut que je lui voue un amour ou une haine éternelle. A elle de choisir. Dois-je prendre pour règle de ma conduite une troupe esclave et vile? Je suis né dans un rang distingué, et j'en soutiendrai les augustes prérogatives. Malheur à celui qui osera me braver; j'irai moi-même, le fer et la flamme à la main, pour en tirer vengeance. De sa chaumière je ferai un bûcher, ou j'immolerai toute sa famille. Dès aujourd'hui je veux que l'on cherche avec soin les moteurs de la sédition, il faut qu'ils portent la peine de leurs crimes. Dès à présent, je vais commencer mes vengeances; cette bergère a refusé ma main, qu'elle soit chargée de fers et jetée dans un cachot. Peut-être obtiendrai-je par la violence ce que je n'ai pu obtenir par la douceur. — Seigneur, dit Victor, si tel est votre dessein, cherchez tout autre qui vous plaira ; elle est innocente, jamais je n'aurai assez de barbarie pour prêter les mains contre l'innocence. Je vous suis dévoué, quand il s'agira de votre honneur vous n'avez qu'à commander, et je verserai jusqu'à la dernière goutte de mon sang ; mais ce dévouement même m'empêche de travailler pour votre honte et pour votre ruine. N'en doutez pas, vous allez aujourd'hui décider de l'un ou de l'autre. Rendez Marie, vous serez loué et adoré ; jetez-la dans un cachot, et tout se soulèvera pour vous perdre.

CHAPITRE XIII.

La vierge est jetée en prison. — L'orage. — La conscience du juste et du méchant. — Le cadavre dans la prison. — L'esclave et la vierge.

Quand le seigneur fut retiré seul, il s'abandonna à une foule de pensées incohérentes. Quoi ! mes serviteurs seraient-ils d'accord avec mes ennemis ! J'arrive, au lieu de cette joie et de cet empressement accoutumés, dans tous les regards je vois je ne sais quoi de sombre. Voudraient-ils aussi me trahir? J'examinerai tout de moi-même; celui que je surprendrai mourra aussitôt de ma main. Malheur à celui sur lequel tomberont mes soupçons. Quand il s'agit de ma sécurité personnelle, tout devient licite et juste. Je ne craindrai pas même de sacrifier un innocent, pour inspirer la crainte et me sauver la vie. Je ne révoque point mon premier projet. Marie sera punie de sa résistance. Voyons si je ne serai point obéi. Il appelle aussitôt d'une voix forte ses plus serviles esclaves. Il leur donne ses ordres. On se saisit de Marie. Déjà on a arraché la bandelette qui retenait ses beaux cheveux, et ils tombent en désordre; déjà on l'a dépouillée du chaste tissu qui la couvre, et elle se voit nue aux yeux de ces farouches esclaves. Son teint était décomposé, un grand trouble agitait son ame. Elle levait au ciel des yeux humides de pleurs, et suppliait de ne point la traiter aussi indignement. Et eux se jouaient de sa vertu. Enfin, après bien des railleries plus amères que la mort, on la revêt de l'habit du prisonnier, et elle est jetée dans une obscure prison, souterrain infecte, séjour d'horreur qui ne recevait le jour que par une petite ouverture circulaire. Pour couche, elle avait une poignée de paille humide. Un peu d'eau, voilà pour se désaltérer; un pain noir comme la suie, voilà pour se nourrir. Ses membres délicats, qui ne devaient porter que les doux liens de l'amour, étaient chargés de lourdes chaînes rivées dans le mur. On ferme la porte du cachot. La nuit avait déroulé ses voiles obscurs, un calme profond régnait dans les airs. Les oiseaux dans les bois, les poissons dans les eaux, invités par le silence à s'abandonner au repos, goûtaient les charmes d'un paisible sommeil. La douleur de Marie ne lui permit point de se livrer à ses douceurs. Elle resta long-temps suffoquée, sans pouvoir former aucune pensée suivie; son accablement était tel, que toutes les pensées les plus horribles venaient en même temps fondre sur son ame, sans qu'elle pût en distinguer aucune. Les larmes coulèrent bientôt avec abondance, elle faisait retentir des cris perçants, le cachot seul était attendri. Les larmes cessèrent de couler, la nature lui refusa de nouvelles forces, elle tomba dans un tel affaiblissement, qu'elle ne savait si elle rêvait ou si elle était au nombre des morts. La mort était son unique désir. Le ciel lui refusa la mort. Après quelques crispations, elle tomba dans un état d'anéantissement. Ses sens extérieurs, subjugués par un sommeil léthargique, elle goûta un profond sommeil. Son repos était des plus doux, les souffrances avaient disparu, son sommeil ne lui présentait que des songes délicieux, dans lesquels voltigeaient sans cesse les plaisirs enivrants. Son ame était pleine des plus douces jouissances, rien ne manquait à son bonheur. Simon n'excitait plus ses douleurs, elle croyait toujours le tenir dans ses bras, le presser vivement sur son cœur. Ainsi était Marie : mais tout n'était pas calme comme elle. Les étoiles ne rayonnaient plus dans les cieux, une noirceur épaisse enveloppait la terre. Partout régnait un lugubre silence, qui n'était interrompu de temps en temps que par un faible gémissement, tel qu'en répandent le arbres découronnés, battus par le dernier souffle de l'automne. Un vent rapide s'élève soudain dans les airs. Les arbres d'alentour rendaient des sons plaintifs. Le vent, se brisant avec fracas contre les murs du château, imitait par son long murmure le bruissement des flots que l'orage soulève en montagnes, et qui se brisent en mugissant contre les rochers. Le donjon aux fondements solides en fut ébranlé. L'on eût dit que les vents avaient été lâchés par la vengeance céleste pour renverser cet asile du crime. Un éclair scintilla dans la nue, en perça l'obscurité, et répandit dans le cachot une lumière blafarde, telle qu'en répand une lampe de mort. Un coup épouvantable de tonnerre annonça un violent orage. Aussitôt, mille tonnerres, comme à l'envi, lui répondent. Leurs roulements sont affreux, continuels. Un moment de calme survenait, puis les tonnerres, comme s'ils eussent rebondi de montagne en montagne, retentissaient répétés par des milliers d'échos. La foudre éclatait et tombait à chaque instant. Une tour en fut frappée et renversée, et, depuis, elle est appelée la *Tour du tonnerre*. La grêle tombait à coups redoublés. La nature entière en convulsion semblait descendre dans la tombe. On eût dit que le ciel, prenant la cause de l'innocence, s'était armé contre le coupable. Le seigneur en fut épouvanté; il pensa alors à rendre à Marie la liberté. L'orage se calma, sa pensée s'évanouit.

Le calme était rétabli dans la nature; il s'endormit : le repos ne lui fut point donné, soit délire d'une imagination égarée, soit qu'en effet le ciel s'armât contre lui de ses vengeances ; son sommeil ne fut qu'un cruel martyre. Toutes les victimes qu'il avait livrées à la mort se présentèrent à lui, chargées de chaînes qu'elles heurtaient ensemble ; elles les faisaient retentir horriblement. Elles les soulevaient avec rage au-dessus de sa tête, le menaçant de l'en frapper. Le nombre des spectres croissant de plus en plus, commencèrent autour de son lit une danse infernale. Ils l'enlacèrent des chaînons de fer dont ils avaient été meurtris, le pressant jusqu'à le suffoquer. Il faisait mille efforts pour sortir de son pénible sommeil, ses efforts furent vains; il voulut crier, ses efforts furent encore vains. L'effroi l'avait saisi, ses cheveux hérissés se dressaient sur sa tête. Son sang était suspendu dans ses veines, son cœur ne battait que lentement, une sueur glacée inondait tout son corps. Soudain tous ses crimes, sous l'apparence d'un horrible fantôme, vinrent se présenter à lui, et il frissonnait d'horreur, et il entr'ouvrait hideusement la bouche, comme pour demander pardon à ces êtres fantastiques. Puis ses lèvres se contractaient, et ses dents se heurtant, claquaient avec violence. Pendant qu'il était en proie à de si insupportables douleurs, la châtelaine lui apparut, mise comme au jour de sa mort. D'un ton terrible, elle lui reprocha son trépas, et lui présenta une coupe d'une liqueur amère qu'il fut obligé de prendre malgré lui. Soudain, il sentit ses entrailles déchirées et ses membres froissés, comme si on eût broyé ses os sous des meules de fer. L'existence allait lui être ravie par la violence de ses douleurs, lorsque un rayon de lumière frappa sa paupière et l'arracha de son sommeil de mort. Ses yeux étaient agards, sur son visage l'on voyait tout ce qu'il avait souffert : il ressemblait plus à un spectre qu'à un homme.

Le ciel avait repris sa sérénité, les vents étaient tranquilles, le tonnerre ne se faisait plus entendre, une douce aurore annonça un beau jour. Marie sortit de son sommeil. Le ciel égale toujours les consolations aux peines; les plus riantes images l'avaient délassée de ses fatigues, pendant que tout était en feu autour d'elle, que le vent faisait entendre ses mugissements, le tonnerre ses roulements, son cœur était calme, son repos était le repos de l'innocence; à son réveil, le bonheur et la paix étaient dans son ame. Elle se croyait libre. Quel ne fut pas son étonnement lorsqu'elle vit ses mains chargées de pesantes chaînes! — Mon Dieu, dit-elle, tout est donc illusion; je me croyais libre, et je suis dans les fers. Oh! cher Simon, tu ne recevras point mon dernier soupir. Ce sera dans une prison que je laisserai ma dépouille. — Et elle promena lentement autour d'elle ses regards abattus. Tout-à-coup elle poussa un grand cri! Non loin d'elle gisait un cadavre. Il était pâle et livide, mais il paraissait encore conserver sa consistance; il n'exhalait aucune mauvaise odeur, ce qui laissait penser qu'il n'y était que depuis peu de temps. A cette vue, elle sentit de profondes convulsions dans tout son être. Elle pâlissait, ses genoux refusèrent de la supporter, et elle tomba comme évanouie. — Voilà donc, dans quelques jours, l'état où je serai réduite; se peut-il que je sois si malheureuse. Ciel, prends-tu un plaisir barbare à faire souffrir ceux qui t'adorent! — Elle détourna sa vue et versa quelques larmes. Le jour s'avançait, elle attendait toujours que l'on ouvrît les portes de son cachot; personne ne se présentait. Victor lui-même, qui lui témoignait autrefois tant d'intérêt, en vain elle l'attendait, il ne se présentait point. — Oh! je le vois bien, dit-elle, les malheureux sont partout sans amis. — Elle avait soif, elle avait faim, elle ne pouvait ni boire ni manger. La pensée du cadavre gisant près d'elle lui soulevait le cœur à chaque instant, elle sentait un déchirement d'entrailles. Enfin elle entendit un retentissement de clés, les portes roulant avec bruit, un homme se présenta devant elle. Sa brutalité était peinte sur son front. A sa vue, elle trembla d'abord, puis elle ajouta : — Je vous en conjure, délivrez-moi de ce cadavre ; changez mon eau et mon pain, que je prenne un peu de nourriture. — Tu vas être délivrée du cadavre, répondit brusquement l'esclave ; pour l'eau et le pain, je n'ai point d'ordre. — Il fut touché et dit dans sa féroce compassion : — C'est dommage qu'elle périsse. Si je ne craignais pas d'attirer sur moi le courroux du seigneur, elle ne mourrait pas encore ; mais il s'agit pour moi de la mort, il faut bien obéir. — La jeune vierge, à ces mots, trembla comme une feuille battue par les vents. Elle crut que c'était le bourreau qui venait pour lui donner la mort. Elle se roula à ses genoux, en le suppliant de lui laisser la vie. Ses mains étaient jointes, son regard mourant se levait vers les cieux, ses prières devaient attendrir les rochers les plus durs ; aussi l'esclave fut-il ému, et, malgré la défense du seigneur, au péril de ses jours, il changea et son eau et son pain. Le cruel seigneur voulait qu'elle mourût dans les tourments de la soif et de la faim. Après avoir débarrassé la prison, l'esclave se retira, abandonnant la vierge à sa douleur. La vertu parlait à son ame, il savait qu'elle était ainsi traitée pour n'avoir pas voulu céder aux volontés du seigneur, pour rester toujours fidèle à Simon. — Elle devait bien savoir, disait-il, qu'on ne résiste point aux volontés d'un seigneur. Que lui servira d'être fidèle à son amant, sa fidélité lui coûtera la mort. Ne ferait-elle pas mieux de céder à la force, et elle vivrait honorée, au moins elle devrait se laisser toucher par la fortune, un aussi haut rang vaut bien la peine qu'on y pense, la vertu coûte trop s'il faut être vertueux à ce prix.

CHAPITRE XIV.

Simon. — Le bruit de l'emprisonnement. — Assemblée. — Santarès. — Assassinat.

Marie endurait les rigueurs d'une cruelle prison, le bruit s'en était répandu dans tout le village. Il était parvenu jusqu'aux oreilles de Simon. Semblable à un délirant, il courait çà et là, toujours prononçant le doux nom de son amie. On le voyait le soir errer dans l'ombre, faisant retentir tous les lieux de ses gémissements. Il appelait sans cesse sa Marie; mais hélas ! elle n'entendait point ses soupirs. L'amour eut bientôt égaré sa faible raison. Parfois il s'enfonçait dans ces bois où, avec sa bien-aimée, il goûtait quelquefois le frais. Ils étaient encore pleins de l'image de son amie. Chaque pas lui rappelait un touchant souvenir. Ici était le chêne où elle reposait si souvent : là l'écho qui répétait leurs tendres soupirs, plus loin était le vallon fleuri où elle paissait ses troupeaux. Il aimait à s'asseoir sur les bords de cette fontaine où naguère il passait sa main flatteuse dans la chevelure ondoyante de la vierge, et une joie frénétique s'emparait de lui, et il portait de tous côtés ses pas égarés, interrogeant les vallons et les bois. En vain l'emportait-on, épuisé de fatigues, pour prendre quelque repos, rien ne pouvait le distraire de sa douleur. Le sommeil fermait-il sa paupière, il s'éveillait en demandant sa Marie. Sa poitrine était oppressée, il s'échappa en longs sanglots, et il gardait ensuite un morne silence. Ses yeux, comme deux foyers ardents, étaient rouges et sans larmes.

Les noms de Simon et de Marie volaient dans toutes les bouches, enflammaient tous les cœurs. Ce n'était plus que cris de rage, tous ne parlaient que de vengeance. Les mères étaient accablées sous le poids de la douleur, comme si le malheur de Marie fût tombé sur leurs filles. Les jeunes vierges se lamentaient. La pensée des cruautés du seigneur disait ce qu'elles auraient elles-mêmes à souffrir si la terre n'était au plus tôt délivrée de ce monstre. Leurs cheveux étaient en désordre, leurs visages négligés, leur regard triste. Dans tous leurs traits respirait la plus sombre tristesse. La colère et la vengeance étincelaient dans tous les yeux. Pendant que les esprits étaient ainsi disposés, Santarès alla trouver le seigneur pour tenter un dernier effort. — Seigneur, dit-il, souffrez qu'un vieillard qui vit se développer votre enfance, vous dise la vérité qu'on vous cache avec tant de soins. Je vous parlerai sans déguisement; pour titre, j'ai mon âge et l'ancienne amitié de votre père. Souvenez-vous, seigneur, des derniers conseils d'un père mourant. « Soyez pieux, vous dit-il, ô mon fils; que le pauvre trouve en vous du secours, la veuve un soutien, l'orphelin un second père. Écartez loin de vous la troupe empestée des flatteurs; les souffrir, c'est courir à sa perte. Si vous vous abandonnez au mal, vous trouverez des apologistes; si vous suivez la vertu, vous trouverez des contempteurs : mais dédaignez les bourdonnements de quelques ames basses et mercenaires, éloignez de vos lèvres la coupe enivrante du vice; soyez vertueux, les applaudissements de la multitude valent mieux que ceux des méchants. On dira que vous êtes né pour commander, que les autres ne doivent qu'obéir, que la multitude doit être accablée. La multitude, disent-ils, incapable de modération, se soulèvera dès qu'elle sera heureuse. Ne les croyez pas, ils n'en veulent qu'à votre fortune, c'est elle qu'ils désirent et non votre bonheur. Si vous suivez leurs conseils, votre ruine suivra de près. »

— Voilà ce que vous dit un père, et aujourd'hui les flatteurs vous environnent, leur voix pernicieuse a corrompu votre cœur. Votre château, asile autrefois du malheureux, est comme une forteresse inaccessible, d'où partent l'oppression et la terreur. Les campagnes sont dévastées, les familles réduites aux pleurs, à la misère, les vierges sont outragées; c'est en votre nom qu'on exerce ces cruautés. En êtes-vous la cause, ou le crime se sert-il de votre nom pour porter le trouble et la désolation au sein des familles. Si l'on abuse de votre nom, montrez, par un éclatant châtiment, que vous êtes innocent de tout, que l'injustice ne vous a point pour protecteur. Si l'on vous a trompé, sachez que ce n'est point une honte de l'avouer. S'avouer, c'est une vertu; le crime seul est honteux. Eh quoi! êtes-vous le seul qui n'ayez pas d'oreilles pour entendre la voix de l'infortune, êtes-vous le seul qui soyez insensible au malheur! Marchez sur les traces de votre père, souvenez-vous de ses bontés pour le peuple, rappelez-vous l'attachement du peuple pour lui. Il était aimé, soyez aimé aussi. Si l'exemple d'un père ne disait rien à votre ame, que votre gloire, que vos intérêts vous touchent. Si vous n'éloignez les maux qui menacent vos malheureux serfs, sachez qu'un orage terrible menace votre tête. Tout, à la vérité, est calme autour de vous, mais ce calme est le calme précurseur de la tempête qui bientôt éclatera avec fracas.

— Reprenez, reprenez, seigneur, votre ancienne sensibilité. Il m'en souvient, dans votre enfance, vous visitiez la cabane du pauvre, le bonheur accompagnait vos pas. Aujourd'hui le pauvre gémit sous le poids de l'oppression, d'innombrables victimes, entassées dans vos cachots, font retentir à vos oreilles le bruit de leurs chaînes, et vous êtes insensible à tous leurs gémissements; que le règne du crime soit passé, que la vertu reprenne son empire, que l'oppression disparaisse, et vous serez adoré.

— Vieillard, repartit le seigneur, garde pour un autre tes conseils, je n'ai que faire de tes avis. Si je ne respectais ton grand âge, tu paierais de ta tête l'outrage que tu me fais. Pars sans retarder, que je ne te voie plus porter ici tes pas téméraires, la mort serait le prix de ton imprudence.

— Que m'importe, que m'importe de mourir; j'ai assez, j'ai trop vécu, puisque je devais être témoin de tant de maux. Je n'ai pas tout dit, permets d'ajouter un mot, et si tu es assez cruel pour me donner la mort, frappe, je l'attends de ton bras; mais avant que je meure, rends la vierge que tu as ravie, rends-la à son époux; autrement Dieu a déjà apesanti son bras sur ta tête, et les foudres qui doivent te consumer sont déjà allumées.

Le seigneur fut transporté de colère. Tel un tigre blessé par les chasseurs, écumant de rage, les yeux rouges de sang, fuit, mettant en pièces tout ce qui se rencontre sur son passage; aussi furieux était le seigneur. Ses yeux se contractaient hideusement, puis s'entr'ouvraient d'une manière horrible. Ses lèvres étaient palpitantes, ses dents se choquaient, ses membres étaient agités, ses mouvements étaient irrésolus. Il faisait entendre quelques mots entrecoupés. Le sol retentissait sous ses pieds. Puis il s'arrêtait tout-à-coup, respirant fortement, comme un homme oppressé. Il resta ainsi un moment dans le délire de la fureur, et sa pensée se reporta sur sa passion.

Santarès rendit compte à l'assemblée de l'inutilité de ses efforts, s'efforça d'échauffer les esprits par la peinture des injustices du tyran et de la misère commune. Insensé, il creusait à lui-même sa tombe. Ces paroles, que dictait l'animosité et non la prudence, arrivèrent jusqu'aux oreilles de Montmorillon; sa perte fut résolue. Le seigneur se rendit à la messe; deux pistolets cachés pendaient à sa ceinture. A l'instant où Santarès levait l'hostie du salut, il lacha un coup de feu, et le prêtre fut frappé à la tête. Sa chevelure blanche, teinte d'un sang rouge, tomba sur ses épaules, il se renversa sur l'autel, et son ame s'envola dans les cieux. On dit qu'après sa mort, son visage illuminé d'un rayon céleste ressemblait à celui d'un ange. Sa dernière parole fut une parole de paix; comme le Christ sur le Golgotha, il demandait le pardon de son assassin. Aussitôt l'on entendit comme un roulement de tonnerre qui se mêle au sifflement des vents, et la voûte de la chapelle s'ouvrit, et quelque chose semblable à un globe de feu s'envola dans les airs, et une voix se fit entendre criant : — Malheur au coupable! malheur au coupable!

CHAPITRE XV.

Les aiguillons de la conscience.—Une visite dans la prison. — On s'assemble. — Prodige. — L'attaque du château.— Le crime a sa récompense. — Marie, Simon, deux cœurs qui s'aiment. — Joie de famille.

Montmorillon fut violemment tourmenté; sur son front homicide l'on voyait retracée l'énormité de son crime. La troupe des furies s'empara de son ame. Sa conscience, jusque-là calme sous le fardeau de ses crimes, se souleva avec force, et le poursuivit sans relâche; le repos fuyait loin de lui, il ne voyait que des spectres de feu se dresser devant lui pendant ses nuits; tout l'enfer semblait sortir de ses gouffres embrasés pour le torturer. On l'entendait s'écrier : — C'est à ne plus y tenir, c'est à ne plus y tenir ! Dieu, ayez pitié de moi ! Dieu, délivrez-moi ! — A peine ce vertige était-il passé, qu'il cherchait des diversions dans les plaisirs. Il ne pouvait plus, en se plongeant dans la débauche, trouver un remède contre ses remords. Plus de prudence dans sa conduite; tous croyaient voir leur mort dans ses yeux, tous désiraient secrètement de le prévenir. Il traitait ses esclaves avec brutalité. La crainte seule les enchaînait dans le devoir, tous auraient voulu sa mort. Il semblait manquer encore un crime aux forfaits de Montmorillon. Il voulait se couvrir du sang de Marie, mais une Providence veillait sur elle. Le temps n'était pas encore arrivé de recevoir la couronne de ses vertus, le crime devait payer son châtiment. Victor, qui depuis longtemps ne cherchait qu'à sauver la vierge, était toujours à côté du seigneur, prêt à prévenir ses moindres désirs. Il le flattait et lui mettait un bandeau sur les yeux pour le conduire plus facilement à son but. — Fidèle serviteur de ton maître, dit le seigneur, c'est à toi que je confie mes vengeances; que tous soient sous les armes, que la tête de cette vile bergère tombe dans la prison, que le sang coule dans les campagnes. — Vous serez obéi, seigneur, — répondit Victor. En même temps il vole dans la prison. La vierge souffrait de violentes douleurs. Elle n'attendait que la mort. — Vous voilà donc, Victor, après une si longue absence; venez-vous m'apporter l'espérance! Ah! l'espérance n'est plus pour moi. Non, non, ne cherchez point à me secourir; mes maux, je ne puis les supporter, la vie m'est un fardeau, ne cherchez point à prolonger ma douleur. — Marie, dit-il, je ne viens point pour prolonger votre douleur; le bonheur, voilà ce que je vous annonce.—En peu de mots, il lui raconta l'agitation des esprits, le dernier crime du seigneur, et l'ordre qui voulait sa mort. — J'en dois être l'exécuteur, ne craignez point, tout est soumis à ma puissance; moi seul je descendrai dans votre prison, souffrez quelque temps, bientôt vous serez libre. On s'assemble, on s'arme pour marcher contre le seigneur; ses crimes sont finis. Calmez-vous, ayez de la constance; je feindrai l'exécution, mais le glaive qui devait vous percer sera plongé dans le sein du barbare. — Et Simon, dit-elle, en savez-vous des nouvelles? — Non, depuis long-temps je n'ai rien appris. Il respire, il suffit; serait-il dans les bras de la mort, il en sera arraché, dans peu vous lui serez rendue.

L'assassinat de Santarès s'était partout répandu. On parlait de la vierge jetée en prison, on se rassemble sous le vieil ormeau pour décider sur les moyens à prendre. On flottait partagés en avis différents, lorsqu'un prodige les sortit de leur stupeur. On entendit tout-à-coup une voix qui n'avait rien d'humain retentir dans le lointain, et la terreur glaça d'épouvante, et les yeux se portèrent au ciel. Quelques nuages rougeâtres, de teinte cuivrée, se choquaient, se brisaient et s'échappaient en langues de feu. Aussitôt le sage du village prit la parole : — Hâtez-vous, vite aux armes, ne vous suffit-il pas du prodige de la nuit ? Un grand crime va se commettre, marchons, il faut l'arrêter. — Et la voix retentit plus fortement, les échos en furent épouvantés, et tous frissonnèrent. Dans ce moment, des hurlements continuels sortent de la forêt, un cliquetis d'armes retentit, et l'on crut voir dans les cieux des cavaliers armés, chevaucher dextrement, brandir autour d'eux une lance qui décrivait des orbes lumineux comme la foudre s'échappant d'un nuage sombre, puis se précipiter et offrir le simulacre d'un champ de bataille; et l'on vit d'autres cavaliers plus nombreux s'avancer, et les premiers furent mis en fuite. Tous, morts de terreur, n'osaient proférer une parole. Le vieillard à la chevelure argentine, agitée par l'orage, rompit le silence. — Par Saint-Georges et par Notre-Dame, il n'y a rien d'effrayant pour nous. Dieu nous enverra ses anges pour notre défense, nous serons vainqueurs; marchons.

On ne délibéra plus, il était nuit. De rares étoiles rayonnaient dans les cieux. Protégés par leur pâle lueur, on marcha contre le château. Le seigneur, excité par un léger tumulte, monte sur une des tours, et aperçut des armes briller dans l'ombre. —Aux armes, s'écria-t-il, nos ennemis s'approchent, préparons-nous à la défense; — et tous volent aux armes. Les uns se portent sur les plates-formes, les autres aux entrées du château. Tous se préparent à une vigoureuse résistance. Victor fut déclaré chef, tous devaient suivre ses ordres. Après avoir réglé la défense, le seigneur se retira, glacé de terreur, au fond de son château, dans l'attente de ce qui arriverait. Les vilains sont au pied du château, les premières portes sont renversées à coups de hâches. Restait un canal profond, que l'on aurait vainement tenté de franchir. De l'autre côté, une troupe armée faisant bonne contenance, se préparait à charger. Victor, tremblant qu'il ne se répandît du sang, accourt. — Que faites-vous ? quelle furie s'empare de vous? Ne sont-ce pas là vos pères ? Voulez-vous, pour un tyran, massacrer vos pères, vos mères et vos sœurs. Assez souffrir, soyons libres, mort au tyran, paix et vie à nos pères ! Et tous s'écrièrent : — Mort au tyran, paix et vie à nos pères ! — Aussitôt le pont-levis fut abaissé, la multitude passe. Tous ensemble pénètrent jusqu'au fond du château où le monstre se tenait caché. A la vue des armes, son cœur s'attendrit pour la première fois, il répandit en abondance des larmes; il se jette aux pieds d'un tableau de son épouse en criant : — la vie, la vie. — Ses cris ne firent qu'irriter la fureur ; la mémoire de ses cruaués rendait tous les cœurs insensibles.. Tous criaient vengeance ; mille bras levés lui présentaient la mort. Il pousse au ciel des cris lamentables ; le tyran est toujours lâche en présence de la mort : lui qui avait fait trembler les malheureux tremble à son tour. Mais le crime a ses bornes ; mille bras se déchargent sur lui. Il tombe baigné dans son sang, pleurant comme un enfant. On court à la prison, on rompt les chaînes de l'infortunée captive. — Et Simon, vit-il encore, dit-elle? — Oui, il vit, répondit-on. Vierge pieuse, viens jouir de tes vertus, viens faire son bonheur. — Et on pensa à la rendre à Simon. Il était alors attaqué d'une fièvre brûlante. Comme l'excès de la joie n'est pas moins à redouter que l'excès de la douleur, on voulut le préparer adroitement à son bonheur. On lui fit d'abord espérer que dans peu Marie lui serait rendue. Ses larmes coulaient à mesure qu'on prononçait ce nom chéri. Ce nom, doux comme les plus délicieux parfums, coulait peu à peu dans son cœur et fermait les plaies encore saignantes de la douleur. On lui raconta le soulèvement du village, la prise du château. L'espérance et la joie brillaient sur son visage. Il s'écria dans un transport : — Et Marie, qu'est-elle devenue ? — Elle est délivrée, elle vous est rendue, — et sa joie éclata. Marie parut, ils se jetèrent dans les bras l'un de l'autre. Leurs transports s'exprimaient par des larmes. Ils étaient comme en extase, l'expression du visage révélait les sentiments du cœur. Long-temps on n'entendit que des sanglots, car il est des moments où la joie est comme la douleur ; elle n'a point de paroles, elle ne se rend que par des soupirs et des battements de cœur. Tous les assistants furent profondément touchés. La joie de Thomas et de son épouse était à son comble. Quel beau jour pour une famille naguère désolée !

CHAPITRE XVI.

Le dénouement. — Il faut se quitter. — Le drame

Aux transports de la joie bientôt succéda l'anxiété ; tout n'était pas terminé. Le seigneur n'était plus, mais il laissait après lui des vengeurs. La nouvelle de sa mort se répandit subitement ; on n'eut pas le temps de se préparer à la résistance. Une bande forcenée, poussant d'horribles hurlements, s'avance remplissant la plaine de carnage. — Faut-il, s'écria Simon, à peine réunis, que la cruauté nous sépare aussitôt. Non, non, nous ne serons point séparés ; viens, Marie, viens avec moi : il est un antre connu à moi seul, là, nous échapperons aux recherches de nos ennemis. Puis, toi, Marie, marche en avant ; je reste pour soutenir les pas chancelants d'un père et d'une mère ; pars, je te suivrai !.... — Non, non, cher Simon, je ne te quitterai plus qu'à la mort. Je craindrais, en te laissant, qu'un ennemi ne s'emparât de toi ; nous vivrons, ou nous mourrons ensemble. Eh quoi ! penses-tu que mon cœur est moins attaché que le tien ; moi, je pourrais abandonner un père et une mère qui se chargèrent de mon enfance. Je ne vous abandonnerai jamais vous qui m'avez comblée de biens. — Et tous les deux en pleurant se jetèrent dans les bras l'un de l'autre. Ils pressèrent sur leur cœur Thomas et leur vieille mère, et des larmes mutuelles coulèrent, et ils frémirent en songeant à la fin qui les attendait. Ils voulurent se préparer à fuir, ils n'en eurent pas le temps. Les cris des enfants, des femmes et des vieillards égorgés annoncent l'arrivée des tigres. On cherche à s'évader... De tous côtés, des satellites et la mort. La famille de Simon est massacrée, le village enveloppé dans sa perte. Victor... qui pourra raconter ta mort, toi qui, entraîné par l'humanité, sacrifias ta vie pour sauver la vertu; qu'elle est désirable une mort semblable à la tienne ! on ne meurt point quand on donne ses jours pour ses frères; la mort est l'aurore de l'immortalité, et elle livre de siècle en siècle le nom du martyr, et tous ont des larmes pour le héros de l'humanité.

La présence des supplices ne le fait point frissonner, les instruments de torture sont devant lui; les tenailles rougissent, elles sont appliquées sur son corps, et la fumée s'élève en pétillant : et lui reste ferme, et la souffrance ne lui arrache pas un soupir. La férocité redouble, on ne peut vaincre son courage. On en vient aux derniers rafinements de la cruauté : on commence par moudre toutes les extrémités de son corps ; il n'est plus qu'un tronc, ses entrailles s'échappent ; alors il ne put s'empêcher de crier : —Mon Dieu ! que je souffre pour toi, ô Marie !...—Et il expire. La haine de ses ennemis n'est point assouvie par sa mort, ils coupaient ses restes en lambeaux, et hurlaient comme des bêtes féroces se précipitant affamées dans l'arène encombrée de victimes. Ainsi, dans un temps plus rapproché, l'on vit autour de victimes sanglantes dont les chairs palpitaient encore, une troupe forcenée, ivre de sang, avide de licence, tournoyer autour des malheureux égorgés, en insultant leurs restes inanimés. Victor est massacré, l'innocence va abandonner la terre ; déjà dans un autre monde les harpes argentines aux sons mélodieux frémissent pour se préparer à célébrer l'hymen éternel de deux cœurs que la terre souillée de crimes ne devait plus posséder. Le supplice se prépare, l'infâme démon de la cruauté a soufflé son venin dans l'ame des esclaves ; on s'empare de la vierge, on la traite avec brutalité. — Vous, s'écria-t-elle, vous êtes nos frères, ayez pitié de nous, ne nous faites point tant souffrir ; si vous ne pouvez nous donner la vie, que notre mort ne soit point si cruelle ! Moi, à la bonne heure, vous pouvez me punir, Simon n'est point coupable. Non, vous ne le saviez point qu'il n'était point coupable, vous ne l'auriez point enchaîné.—Vaines prières... A Simon on enlève à coups de hâche et les pieds et les mains, et il est attaché à la fourche patibulaire. A la vue du supplice de son amant, Marie tombe sans connaissance ; dépouillée et presque morte, elle est suspendue en face de Simon. On entendit quelques paroles étouffées et le nom de Simon et de Marie. Ils avaient cessé d'exister sur la terre pour vivre dans l'éternité. Le matin, l'on vit une jeune fille balancée par le vent vis-à-vis d'un tronc ensanglanté. L'on dit que, depuis cette époque, un esprit impur a pris possession du château, et que des spectres hideux errent dans cet antique repaire d'inhumanité. Parfois, dans ces cachots lugubres, on entend des gémissements étouffés, comme si des victimes vivantes étaient en proie aux tortures. L'endroit où le gibet fut dressé se conserve par tradition; le ciel, dit-on, s'est chargé de l'apprendre à la postérité. Vers les minuit, on entend un léger souffle dans les pins environnants, et deux brillants météores scintillent, montent, descendent, remontent verticalement l'un à côté de l'autre, puis se réunissent en un seul et s'évanouissent dans les airs.

FIN.

TABLE

DES MATIÈRES.

6

www.ingramcontent.com/pod-product-compliance
Lightning Source LLC
Chambersburg PA
CBHW051817020726
47502CB00005B/1498